LE MUR DE BRIQUE

STEPHANIE JULIAN

Traduction par
ISABELLE WURTH

MOONLIT NIGHT PUBLISHING

Elle est une distraction parfaite...

Le gardien de but Shane Conrad doit se concentrer sur son jeu, pas trouver une femme pour l'emmerder. Mais c'est ce qui arrive quand il rencontre une rousse qui fait monter plus que sa pression sanguine. Une nuit torride avec Bliss Vescovi et Shane gagne à nouveau des matchs. Mais il ne gagne aucun point avec Bliss.

Et lui un coup d'un soir torride...

Bliss ne cherche pas de relation, surtout pas avec un homme ardent et déterminé, habitué à tout contrôler. Le besoin de contrôle de son ex a presque fait d'elle son esclave affective. Elle a juré de ne plus jamais laisser un autre homme avoir ce genre d'emprise sur elle. En revanche un coup d'un soir avec un hockeyeur sexy qui ne sera pas toujours là ? Tout à fait faisable.

L'humour décalé de Shane et son sourire ravageur brisent l'armure de son cœur et la chaleureuse Bliss offre à Shane une vie en dehors de la glace. Jusqu'à ce que Shane reçoive l'appel qu'il attendait... pour la LNH (Ligue nationale de Hockey). Bliss sait que leur liaison est terminée, mais Shane n'abandonnera pas sans se battre. Ça n'est pas pour rien que son surnom est *Le mur de brique...*

CHAPITRE UN

— Putain de fils de pute.

En pénétrant dans le vestiaire vide du Reading Civic Arena, Shane Conrad jeta son casque, en jurant encore plus quand il s'écrasa contre le mur. Quelque chose se fissura, soit le mur, soit son casque de gardien de but, mais il n'y prêta pas attention.

On s'en foutait d'une entaille de plus dans le parpaing. Idem pour un pète de plus dans son casque... vu comme son jeu était merdique en ce moment il n'aurait probablement plus besoin de ce foutu machin encore bien longtemps de toute façon.

Pas de la façon dont il jouait.

« Merde ».

Le reste de l'équipe était encore sur la glace en train de s'entraîner, mais ils allaient revenir ici dans quelques minutes. Ce soir, ils devaient jouer leur dernier match avant les trois jours de vacances de Noël.

Et il semblait que Shane resterait sur le banc.

Il avait l'impression d'être de retour au lycée, le gros gamin maladroit au bal de l'école, assis seul sur les gradins pendant que ses amis dansaient avec les filles sexy. Celles qui ne lui prêtaient attention que parce qu'il avait un sens de l'humour malicieux et qu'il avait mené son équipe de hockey vers trois victoires consécutives.

Se jetant sur le banc, il arracha les lacets de ses patins puis jeta ceux-ci par terre pour faire bonne mesure.

Putain, c'était nul.

Sors ta putain de tête de ton cul.

Bon conseil. Il aurait juste aimé savoir comment faire.

La frustration le brûlant comme de l'essence en feu, il commença à enlever le reste de son équipement, en faisant attention à ne pas déchirer son maillot d'entraînement et son short. Il n'en avait rien à foutre du reste. Il accrocha ses protections dans son casier par habitude avant de prendre une serviette et de se rendre tout nu aux douches.

Il resta planté là pendant au moins cinq minutes, laissant l'eau bouillante couler sur sa tête et son dos, essayant d'éliminer la frustration et la colère avec elle.

Jusqu'à présent, ça ne marchait pas.

Est-ce que ça ne lui donnait pas plutôt envie d'avaler un litre de Jack Daniels ?

— Shane.

Il se raidit alors que la voix de son coéquipier, Cary Lenville, pénétrait le brouillard dans sa tête. Il envisagea de l'ignorer, mais personne n'ignorait Cary.

Capitaine adjoint du club de hockey des Redtails de Reading, Cary était le ciment qui maintenait l'équipe ensemble. À trente-six ans, il était le plus vieux joueur et, même s'il n'était pas le plus doué, c'était celui vers qui tout le monde se tournait quand ils avaient des problèmes. Cary avait toujours une réponse, quelle que soit la question. Et même si ce n'était pas la bonne réponse, c'était mieux que tout ce que l'on pouvait trouver par soi-même.

Mais Shane savait que Cary ne pouvait pas l'aider à

résoudre ce problème. Il savait bien que tout ça venait de son esprit déboussolé.

Il coupa l'eau et attrapa sa serviette.

— Qu'est-ce qu'il y a ?

Shane ne croisa pas le regard de Cary et il essaya de contrôler son ton, mais sans succès. Impossible, alors que la frustration et l'embarras menaçaient de l'étouffer.

Bon sang, il était censé être le gardien de but numéro un de l'équipe. On l'avait surnommé *Le mur de brique*, bordel de merde. Alors pourquoi il ne jouait pas comme ça, putain ?

Les gars comptaient sur lui pour les aider à grimper jusqu'au championnat de la Calder Cup cette année. Ils avaient assez bien joué pour considérer que c'était une possibilité. Mais il fallait que Shane se sorte la tête du cul... genre, maintenant.

— L'entraîneur a dit que tu ne rentrerais pas à la maison pour les fêtes.

Hein ?

Il se retourna pour jeter un coup d'œil à Cary avant de retourner à son casier. Heureusement, personne d'autre n'était encore sorti de la patinoire, il avait donc le temps de se ressaisir.

— Ouais, c'est ça.

Il n'ajouta pas qu'il ne supportait pas l'idée de rentrer chez lui au Minnesota, sachant que sa mère le chouchouterait comme s'il était encore au lycée et que son père lui ferait la morale comme s'il était encore son entraîneur.

Il aimait ses parents, mais quand il devait les supporter pendant une longue période, ça le faisait carrément chier.

Et cela ne faisait qu'aggraver son état.

Pouvait-il être encore plus mal en point ? S'il continuait comme ça, le coach échangerait son cul avec l'Alaska ou l'enverrait à l'ECHL.[1]

— Alors qu'est-ce que tu fais demain soir ? demanda Cary.

Shane renifla avec dégoût et secoua la tête.

— A part me péter la gueule ? Rien du tout. Pourquoi ?

— Viens chez moi. Lori et moi on a du monde.

Shane secoua mécaniquement la tête.

— Non, mec. Je ne pense pas que je serais de bonne compagnie. Merci quand même.

Cary se tut mais il ne bougea pas. Et cela n'était jamais une bonne chose. Le défenseur d'un mètre quatre-vingt-huit et de plus de cent kilos n'était pas seulement bâti comme un chiotte en brique, il était aussi impossible à déplacer que la construction en question.

Alors que le silence s'étendait, Shane soupira et se retourna, se forçant à regarder Cary dans les yeux.

« Quoi ? »

Cary avait croisé les bras sur sa poitrine, soulignant à quel point ce salaud était carré d'épaule.

— Tu es plus tendu que la peau d'un tambour et tu dois décompresser ou tu vas exploser. Et ça ne serait pas bon pour toi ou pour l'équipe. Il n'y aura personne que tu connaisses demain et on ne parlera pas de hockey toute la soirée, à moins que Lori ne prenne une cuite. En plus, j'aurai besoin de renforts. Il fit une grimace. Lori ramasse toujours des cassos. Je te jure que je ne connaîtrai pas la moitié des gens ! Et ses cousins sont dingues...

En entendant Cary parler de l'amour de sa vie, Shane sourit. Le type était marié à un putain de canon de femme qui semblait penser que Cary pouvait décrocher la lune. Cary pensait apparemment la même chose d'elle.

Ce serait écœurant s'ils n'avaient pas été si parfaits l'un pour l'autre.

Mais... bon Dieu, Cary voulait qu'il passe des heures à discuter avec des gens qu'il ne connaissait pas ? Il ouvrit la bouche pour encore dire non, mais Cary le fixait toujours.

Merde. Les résolutions de Shane s'effondraient.

Il commença à mettre ses vêtements en soupirant.

— Dingues comment ?

Le sourire de mange-merde de Cary donna à Shane l'envie de sourire à son tour, mais il se retint. Il ne voulait pas donner au gars l'impression qu'il avait gagné. Même si c'était le cas.

— Disons qu'ils ont des traditions de Noël qui feraient honte à la famille Addams.

Shane essaya de ne pas soupirer mais ne put s'en empêcher.

— Tant qu'il y a de l'alcool, je suppose que vous pouvez compter sur moi.

Cary acquiesça et cessa de sourire.

— Tu trouves que ça aide ?

Shane ne prit pas la peine de le contredire et secoua la tête.

— Pas vraiment. Et non, je n'ai pas de problème. Du moins, pas avec l'alcool.

Cary le crut sur parole. Une autre chose qui faisait que tous les gars le vénéraient comme s'il était le Roi du hockey.

— C'est bien de l'entendre. Et oui, je sais que tu as passé quelques mauvaises semaines. Ça arrive. Les vacances te feront du bien. Ça te remettra la tête dans le bon sens. Si tu veux, on peut faire des exercices demain, juste nous deux.

Et c'est pour ça que la rumeur voulait que Cary soit le premier postulant au poste de prochain coach des Redtails. Le moulin à ragots devant les vestiaires avait fait des heures supplémentaires dernièrement. D'après les rumeurs, leur entraîneur actuel avait trouvé un emploi en LNH. Tout le monde s'attendait à ce que Cary occupe le poste vacant.

Les joueurs l'adoraient. La direction l'adorait. Les fans pensaient qu'il marchait sur l'eau.

Shane se retrouva à hocher la tête.

— Ouais. Ça serait... Ça serait utile.

Il l'espérait.

Cary sourit, puis frappa Shane à l'épaule et le fit pratiquement tomber du banc.

— Bien. Et viens à la fête. Tu passeras un bon moment.

— Alors je lui ai dit qu'il devait choisir un modèle ou l'autre. Franchement, c'est difficile ? Je veux dire, ce n'est pas comme si j'étais la seule à me marier. C'est aussi son mariage. Est-ce qu'il ne devrait pas au moins s'intéresser un peu à la porcelaine qu'on va utiliser pour le restant de notre vie ?

Bliss Vescovi était assise sur une causeuse dans un coin du confortable du salon de Lori Lenville, en train de siroter du champagne et de faire des hochements de têtes compatissants aux deux femmes assises en face d'elle sur le canapé.

Elle venait juste de les rencontrer, à la fête de Lori pour les vacances de Noël, mais elles semblaient gentilles. Et lorsqu'elles avaient découvert que Bliss travaillait à la boutique nuptiale *With This Ring* ... On aurait pu croire qu'elles avaient retrouvé une âme sœur disparue depuis longtemps.

En d'autres circonstances, Bliss aurait été ravie de parler mariage. Car en réalité elle les appréciait vraiment. Même quand elle devait s'occuper de la mariée typique sur les nerfs ou de sa mère transformée en monstre du contrôle pour l'occasion, ou encore de l'horrible future belle-sœur, de la meilleure amie de la mariée complètement bourrée et de la petite morveuse de trois ans qui tenait le bouquet de fleurs. Elle savait comment les gérer. Toutes.

Sa patronne, Tante Rosie, la considérait comme un don du ciel. Bliss pensait en fait que c'était sa tante l'envoyée du ciel, pour lui avoir offert une carrière alors qu'elle n'avait aucune idée de ce qu'elle allait faire avec un diplôme de commerce.

Et même après l'échec de son propre mariage, deux ans

auparavant, Bliss avait encore la larme à l'œil, même si elle-même n'avait ni le temps ni l'envie d'avoir un compagnon, lorsqu'elle aidait une future mariée à trouver la robe parfaite pour marcher vers l'autel et rejoindre l'homme avec lequel elle avait décidé de passer sa vie. Mais un coup d'un soir ? Absolument. Envoyez ! Et, oh s'il vous plaît, pourrait-il être bon au lit ? Bon sang, elle ne souhaitait même pas qu'il soit génial. Juste assez bon avec ses mains pour la faire grimper au rideau au moins une fois.

Elle n'avait pas eu cette chance dernièrement. Et il ne semblait pas que cette soirée soit meilleure. Aucun des gars présents ce soir ne lui donnait envie de se donner la peine de renoncer à quelques heures de sommeil.

Bon Dieu, qu'est-ce qui ne va pas chez toi ? Tu n'as que vingt-six ans, pas quatre-vingts.

Mais entre le fait de travailler avec sa tante, dont l'entreprise ne cessait de croître, et le fait que ses amies soient mariées, ou maquées avec M. Parfait... Eh bien, elle ne sortait plus beaucoup.

Et quand ça lui arrivait elle se demandait s'il restait encore des mecs bien dans la nature. La plupart étaient des connards avec des problèmes de comportement ou des geeks ados attardés qui vivaient dans le sous-sol de leurs parents, jouaient aux jeux vidéo jusqu'à trois heures du matin et passaient leurs week-ends à boire avec leurs copains qui avaient la chance ou assez de maturité pour avoir un appartement.

Et... *Oh mon Dieu.* Elle était vraiment aussi méchante que ça ? Pas étonnant qu'elle n'ait trouvé personne pour la baiser. Honnêtement, elle n'aurait pas voulu d'elle non plus.

— Lori a été in-croy-able, dit soudain une des jeunes femmes, ramenant Bliss à la conversation. Elle nous a aidées à régler le problème du zonage et s'est assurée que nous avions tous les permis. Elle a été notre ange gardien...

Bliss acquiesça, tout à fait accord avec ses nouvelles amies sur ce point.

Elle avait rencontré Lori à une soirée organisée par la Chambre de commerce locale. Tante Rosie n'avait pas pu y assister, mais elle avait supplié Bliss de le faire à sa place. Elle ne se souvenait même pas pourquoi sa tante l'avait envoyée. Elle savait seulement qu'elle n'avait pas voulu y aller. Là, elle avait fait la connaissance de Lori et elles s'étaient liées d'amitié après quelques verres et une admiration mutuelle pour le hockey.

Le mari de Lori jouait pour l'équipe professionnelle locale, et bien que Bliss n'ait assisté qu'à quelques matchs, son père lui avait donné le goût pour ce sport. C'était la seule chose qu'ils aimaient regarder ensemble. Sans le hockey, elle et son gros nounours de père n'auraient peut-être jamais eu une conversation plus poussée que « Comment ça s'est passé à l'école ? »

Son père l'aimait et il avait fait des efforts, mais elle avait toujours été une fille très fille et c'était le domaine de sa mère.

... « Alors je lui ai dit que s'il n'essayait pas au moins de s'entendre avec ma cousine, autant annuler le mariage. Je veux dire, ma famille est si importante pour moi et... »

Oui, elle comprenait tout ça. La famille était importante. Pendant les phases de planifications, elle avait vu plus d'un mariage se morceler en factions plus féroces que toutes celles des *Hunger Games*.

Et ceux qui disent que les mots ne peuvent pas faire mal n'ont jamais eu affaire à une future mariée hystérique dont la belle-mère ose avoir un avis sur la couleur des serviettes à poser sur la table à gâteaux.

Bliss retint un soupir.

Mais qu'est-ce que tu fous ici de toute façon ?

Elle devrait se mêler aux autres, flirter, passer un bon moment. Ce n'est pas comme s'il n'y avait pas de beaux mecs ici.

Quelques-uns avaient même établi un contact visuel avec elle, et deux avaient essayé d'engager la conversation.

Jusqu'à ce que, cinq minutes plus tard, elle se rende compte qu'ils ne voulaient parler que de ce qu'ils faisaient et à quel point cela devrait l'impressionner. Bien sûr, ils avaient un travail correct, portaient des vêtements acceptables et étaient séduisants, mais...

Qu'est-ce qui ne va pas chez toi ?

... « Et qui dit à ta mère que sa robe la fait paraître grosse ? Tu vois ce que je veux dire ? J'avais juste envie de le frapper... »

Bliss savait exactement ce que ressentait la future mariée. Elle voulait aussi frapper quelqu'un.

Sauf que Bliss n'était pas violente physiquement. Elle n'était pas une dure à cuire. Plutôt un petit gâteau avec un glaçage moelleux. Et qui n'aimait pas les petits gâteaux, n'est-ce pas ?

En soupirant à nouveau, elle prit une autre gorgée de son verre et essaya d'effacer l'air agacé de son visage.

Elle savait qu'elle n'était pas super belle, mais elle ne ressemblait certainement pas à une ogresse. Bien sûr, son nez était un peu trop fort et son corps un peu trop rond. Mais elle réussissait quand même à attirer les mecs qui aimaient les gros seins et les bons culs. Elle le savait, car la plupart des gars à qui elle parlait ne pouvaient pas s'arrêter de regarder l'un ou l'autre assez longtemps pour avoir une conversation rationnelle.

Mais là encore, elle n'avait pas vraiment permis aux gars assez proches de faire plus ample connaissance. Un cercle vicieux, qu'elle ne savait pas comment rompre.

Donc, elle était là, souriant et hochant la tête, suivant une conversation avec deux femmes qu'elle connaissait à peine.

C'était une erreur. Elle devrait tout simplement rentrer chez elle, dans son état pitoyable, et...

La porte d'entrée s'ouvrit, attirant simplement son attention parce qu'elle était directement dans son champ visuel.

Mais ensuite, *il* entra.

Et elle sentit sa bouche s'ouvrir. Comme si, littéralement, sa mâchoire était tombée. Puis elle eut un petit hoquet qu'elle essaya immédiatement de couvrir par une légère toux.

Elle rassura ses nouvelles amies, qui avaient interrompu leur conversation sur les listes d'invités pour s'assurer qu'elle ne s'étouffait pas, leur dit qu'elle allait bien et elle réussit à trouver une question pour les remettre sur la voie de la conversation.

Pour pouvoir jeter encore un œil sur le nouveau venu.

Le très *costaud* nouveau venu.

Et elle ne voulait pas dire gros. Elle voulait dire bien *bâti*. Costaud genre large. Grand. Il ressemblait à un...

Joueur de hockey.

Comme le mari de Lori, Cary, qui salua le nouveau venu avec un grand sourire et une poignée de main ferme en l'entraînant à l'intérieur de la maison.

Cary conduisit le nouveau venu tout droit dans la grande salle, où elle était s'assise contre le mur du fond, et l'accompagna jusqu'au bar.

Bliss essayait de ne pas le fixer. Vraiment. Mais comment pouvait-elle ne pas le faire alors que ce gars remplissait toutes les conditions sur son Échelle Miam Miam, y compris certaines qu'elle ne pensait pas avoir mises ?

Comme ses cheveux foncés et ondulés. Tous les membres de sa grande famille italienne avaient les cheveux noirs, donc tous les petits amis qu'elle avait eus étaient blonds, jolis et les cheveux bien coupés, comme s'il sortait d'un shooting pour un magazine.

Comme son ex-fiancé, le connard.

Non, on ne pense pas à lui.

Ce type avait l'air de ne pas s'être coupé les cheveux depuis des mois et de ne pas avoir vu un rasoir depuis des jours, si l'on en croyait le début de barbe sombre sur sa forte mâchoire carrée.

Il avait l'air débraillé, mais pas comme s'il essayait d'être à la mode.

Et puis, ces yeux bleus... Oui, elle avait absolument un penchant pour ça. Et les siens étaient d'un bleu océan parfait. Elle le voyait, même de l'autre bout de la pièce. Combiné avec ce nez qui semblait avoir été cassé plusieurs fois...

Merde. La salive emplit sa bouche. Et quand son regard glissa vers le sud... bon sang, elle était presque sûre que ses cuisses venaient de se serrer.

Le mec devait faire au moins plusieurs centimètres au-dessus d'un mètre quatre-vingt, ce qui voulait dire qu'il faisait largement une tête de plus qu'elle. Et ses vêtements ne pouvaient pas cacher le fait qu'il avait des muscles à des endroits où tous les hommes devraient avoir des muscles. Comme les cuisses. Et les abdos. Et les bras...

Quand il enleva son manteau pour laisser Cary l'accrocher dans le placard, elle dut déglutir parce que... Oh mon Dieu. Les bras de cet homme étaient sacrément musclés sous sa chemise.

Avec son pantalon noir et sa chemise bleue, il avait l'air assez bon à manger.

Tu n'aimerais pas mettre la bouche là-dessus ?

Oui, s'il vous plaît. Partout où il avait de la peau.

Et quand il se retourna pour aller avec Cary vers le bar improvisé de l'autre côté de la pièce, elle se dit qu'elle avait peut-être couiné en voyant son magnifique cul.

Oh pu-tain.

— Bliss, ça va ?

Elle cligna des yeux, et tourna son attention vers les deux femmes, qui la regardaient maintenant avec un air amusé identique.

Bon sang. Est-ce que c'était aussi flagrant ?

Elle se força à sourire.

— Oui, oui, ça va. Désolée, je, euh...

— Tu viens d'apercevoir Shane Conrad. La future mariée, qui s'appelait Crista, sourit avec commisération. Il est très beau, c'est sûr, mais il est un peu timide. Lori a déjà essayé de le caser avec quelques filles, mais rien n'a marché. Il est apparemment très gentil, mais il ne parle pas beaucoup. Ou il n'aime pas les filles. Crista haussa les épaules. Personne n'a encore réussi à savoir. Tu veux qu'on te le présente ? Je suis sûre que Lori serait ravie de le faire. Il est devenu son projet favori, en quelque sorte !

Est-ce pour cela que Lori avait invité Bliss ce soir ? Pour la présenter à Shane ? Non pas que ce soit une mauvaise chose mais...

Mais quoi ?

Je crois que j'ai besoin d'un verre. Quelqu'un en veut un autre ?

Crista et son ami secouèrent toutes les deux la tête, en souriant largement.

Bliss s'en fichait. Pour la première fois depuis des mois, elle avait envie de sauter sur un mec. Elle serait damnée si elle n'y donnait pas suite.

Et peut-être que plus tard, elle pourrait lui enlever son pantalon et sa chemise et se frotter à son corps nu comme une chatte en chaleur ?

À condition qu'elle ne mette pas les pieds dans le plat avant.

CHAPITRE DEUX

Qu'est-ce que tu fous là, bon Dieu ? T'es complètement maso. T'aurais dû rester à la maison, mec.

Shane connaissait ses qualités et ses faiblesses. Il pouvait être le bout en train de la fête, mais seulement s'il se sentait à l'aise avec son public.

Il ne connaissait pas une seule personne ici, à part Cary et Lori, et il avait une envie presque irrésistible de se faufiler vers la porte et de s'enfuir.

Abruti. Ressaisis-toi.

Il chercha Cary des yeux, mais le gars avait disparu peu de temps après l'avoir présenté à Damien et Lynton.

Shane lui ferait payer cela. D'une manière ou d'une autre.

— ça doit être incroyable d'être payé pour être un athlète. Vous avez genre... quoi, deux matchs par semaine ? C'est mieux que de travailler dans un bureau dix heures par jour, six jours par semaine. Mon putain de patron...

Shane hocha la tête et acquiesça, laissant les gars continuer à lui dire à quel point sa vie devait être incroyable.

Bien sûr, ils n'avaient pas la moindre idée de ce dont ils parlaient.

S'ils le savaient, ils ne lui feraient pas ces sourires sournois quand ils disaient qu'il devait bien « s'amuser » en chemin.

Oh, oui, bien sûr, il nageait dans la chatte tout le temps, putain. Entre l'entraînement quotidien et la musculation, et trois ou quatre matchs par semaine et les voyages et...

Ouais, il adorait jouer au hockey. Il ne voyait pas ce qu'il pourrait préférer faire. Mais comme avec tout, il y avait des inconvénients.

Jouer dans la LAH[1] signifiait qu'il ne se déplaçait pas autant que lorsqu'il avait été dans l'ECHL, mais ce n'était pas la façon la plus facile de gagner sa vie.

Le hockey était dur pour le corps. De plus, il avait une durée de vie limitée dans la profession. Les gardiens de but avaient surtout des problèmes de genoux. Shane pourrait tenir jusqu'à trente-trois ans. S'il avait de la chance, ses genoux tiendraient jusqu'à quarante. Mais finalement, il devrait quitter la glace et trouver autre chose à faire pour gagner sa vie. Surtout s'il continuait à jouer comme il le faisait et qu'il n'arrivait pas à se qualifier pour la LNH.

Bon sang, qu'est-ce qu'il ne donnerait pas pour être à la maison en train de regarder tous les *Daredevil* et boire des bières !

« ... Alors je lui ai dit que je devrais travailler ce week-end pour ne pas devoir être à la maison quand ses parents arriveraient. Je sais que j'ai été un peu con, mais si je devais écouter son père... »

Shane hocha la tête comme s'il savait de quoi parlait Lynton — c'était quoi ce nom, d'abord, Lynton ? Il n'avait pas eu une relation sérieuse depuis... enfin, jamais.

Il n'avait pas eu le temps ni l'occasion.

Merde, où diable Cary avait-il disparu ? Peut-être que Shane pourrait s'éclipser et personne ne le remarquerait.

Du coin de l'œil, il vit Cary venir vers lui. *Oh, merci mon Dieu.* Il allait s'excuser, c'était une erreur et...

— Hé, Shane. Cary se retourna et sourit à la petite rousse qui se trouvait à ses côtés. Je te présente Bliss Vescovi. Bliss, voici Shane Conrad. C'est le gardien de but des Redtails. Et... on frappa à la porte et Cary fit une grimace, désolé il faut que j'aille ouvrir. Bougez pas je reviens.

Shane remarqua à peine le départ de Cary car Bliss lui tendit la main en souriant :

— Bonjour, enchantée de te rencontrer.

Sa voix fit dresser les poils sur les bras de Shane. Et envoya une décharge à sa bite.

Putain de merde. Du sexe, direct.

Si Shane croyait au paradis, il se disait qu'il venait de mourir et qu'il venait d'y arriver parce que, Seigneur Jésus, cette femme était un putain d'ange.

Des cheveux d'un roux si soutenu que ça devait être une couleur et des yeux noisettes qui étaient un mélange de vert, de bleu et de marron. Un visage digne d'une affiche de publicité et avec ça, gaulée comme une star du porno.

Et bon sang, s'il n'était pas là immobile avec la bouche ouverte...

Il referma sa trappe et lui prit la main.

— Shane Conrad. Ravi de te rencontrer moi aussi.

Puis il baissa les yeux et regarda ses doigts s'enrouler autour des siens.

Chaud. Et doux. Merde, elle était douce.

Sa bite se mit au garde-à-vous avant qu'il ne puisse contrôler sa réaction. Il allait avoir une sacrée trique en quelques secondes. Il ne se souvenait pas d'avoir déjà bandé en serrant la main d'une femme, même pas quand il était cet ado excité qui n'avait pas la moindre chance de baiser, même avec la pom-pom girl la plus gentille du lycée.

Il avait du mal à croire qu'il ne l'avait pas remarquée lorsqu'il était entré quelques minutes auparavant. Mais il n'avait pas vraiment eu envie d'autre chose que de prendre une bière et de manger un bout. Depuis qu'il était dans cette situation, il était tombé dans les vieilles habitudes de se servir de la nourriture pour se réconforter. S'il ne faisait pas attention, il prendrait des kilos qui le ralentiraient. Et il n'avait absolument pas besoin de ça.

Mais, bon sang, ce ne serait pas génial de les perdre au lit avec elle ?

Comme elle ne disait plus rien et qu'elle restait là à le regarder avec un sourire qui faisait contracter ses couilles, il se força à la lâcher et à trouver quelque chose à dire. N'importe quoi, juste pour la garder ici. Mais elle le devança.

— Alors, Cary a dit que tu étais un joueur de hockey ? Tu joues pour les Redtails ?

— Oui, c'est ça. Comment tu connais Cary, toi ?

Elle pencha la tête sur le côté, ses cheveux roux soyeux glissant le long de son épaule.

— Je ne le connais pas vraiment. Je connais sa femme, Lori. On s'est rencontrées à une soirée de la chambre de commerce il y a quelques mois et on est restées en contact.

Oh bon sang, cette voix. Elle lui donnait envie de la supplier d'avoir pitié de lui et de le laisser la déshabiller pour qu'il puisse voir son joli corps. De le laisser poser sa bouche sur elle jusqu'à ce qu'elle se liquéfie en une flaque de désir sur le sol.

Sur la glace, Shane était connu pour sa souplesse et sa capacité à faire des merveilles avec ses deux mains. Il lui montrerait comme cela se traduisait bien au lit.

— Lori est vraiment gentille et Cary est un type formidable.

Son sourire retrouva un peu de sa luminosité.

— Je n'en doute pas. Lori n'arrête pas de dire du bien de lui. Et elle-même est incroyable. Je jure qu'elle connaît tout le monde dans le comté. Contrairement à moi. Je dois avouer, elle se pencha plus près et Shane baissa la tête. Je ne connais vraiment personne ici à part Lori.

— Alors nous sommes à peu près dans le même bateau. Shane ne pouvait pas s'empêcher de fixer ces magnifiques yeux. Je ne connais personne d'autre que Cary et Lori. Et en ce moment, je me fiche bien de ne rencontrer personne d'autre.

Merde, il n'aurait probablement pas dû dire ça. Mais Bliss — bon sang il aimait ce nom — sourit à nouveau, plus largement cette fois. Puis elle rit. Oh merde, il aimait aussi son rire. Bas et rauque, il s'enfonçait direct dans ses tripes et rendait son sang aussi chaud que de la lave.

Et quand elle se pencha plus près, il sentit une bouffée de parfum sexy qui lui mit l'eau à la bouche. Bon sang, s'il ne faisait pas attention, il jetterait cette femme par-dessus son épaule et se dirigerait vers la chambre la plus proche.

Il était presque sûr qu'elle serait furieuse, mais il n'avait pas beaucoup d'expérience avec les femmes comme elle, qui avait l'air de sortir des pages d'un magazine de mode, dans sa jupe noire et son chemisier sexy qui montrait un décolleté suffisant pour le faire baver.

Il serra les poings et les fourra dans ses poches pour les empêcher de se contracter et pour se retenir de tendre la main et de passer les doigts dans les cheveux de Bliss.

Merde.

Mais elle s'approcha encore et il retint sa respiration, imprégné de son parfum.

Merde, peut-être qu'il s'était cogné la tête à l'entraînement aujourd'hui et qu'il était évanoui sur la glace en train d'halluciner ?

Et ça ne serait pas nul, putain ?

Et puis, s'il avait une hallucination, peut-être qu'il avait besoin de se cogner la tête plus souvent parce que, bon sang, elle n'était qu'à quelques centimètres et son cœur s'était mis à vrombir comme une voiture de sport.

Et quand elle posa le bout de ses doigts sur sa poitrine et qu'elle tapota deux fois, son cœur répondit en frappant contre ses côtes.

Curieusement, il savait ce qu'elle voulait qu'il fasse, même si ses coéquipiers l'accusaient d'être le gars le plus nul du coin en ce qui concernait les femmes.

Il se pencha et tourna la tête pour qu'elle puisse lui murmurer à l'oreille.

— Je sais exactement ce que tu veux dire. Je suis vraiment contente qu'on se soit rencontrés.

Ses abdominaux se contractèrent, et lorsqu'il se redressa pour pouvoir la regarder à nouveau dans les yeux, ses poumons se figèrent.

Ses lèvres se soulevèrent en un sourire qu'il voulait goûter.

Seigneur tout-puissant, il espérait qu'il interprétait bien tout ça. Elle flirtait bien avec lui, non ?

Il avait fait tous les mauvais choix sur la glace ces derniers temps. Peut-être qu'il ne pouvait plus se fier à son instinct ?

Malgré tout, il ne put s'empêcher de laisser échapper les mots qu'il avait sur le bout de la langue.

— Peut-être que toi et moi on pourrait sortir d'ici pour faire connaissance ?

Elle cligna des yeux, et ils s'élargirent alors que son sourire se figeait.

Mon Dieu, mais quel putain d'idiot. Pourquoi diable...

— J'adorerais ça. Son sourire le mit presque à genoux. Mais on pourrait peut-être attendre la fin du dîner ? J'ai le sentiment que je vais avoir besoin de carburant pour plus tard.

Bliss regarda la bouche de Shane s'ouvrir et son sourire s'élargit alors que l'impatience faisait frissonner son corps comme si elle avait englouti des *shots* d'alcool fort.

Il y avait bien longtemps qu'elle n'avait pas frissonné pour quoi que ce soit. Et ça avait été nul en plus.

Mais jusqu'à présent, la soirée n'était pas nulle du tout. Pas tant qu'il était possible qu'elle emmène cet homme chez elle, qu'elle le déshabille entièrement et qu'elle passe ses mains sur tous les muscles puissants de son corps.

Alors qu'elle envisageait ce scénario, Shane continuait à la fixer puis il finit par secouer la tête.

— Merde, je n'ai pas... je veux dire, ouais. Bien sûr. Après le dîner. Puis il secoua à nouveau la tête et ses lèvres se soulevèrent en une sorte de sourire triste. Alors, je peux t'apporter un verre ?

Était-il vraiment gêné ? Oui, il l'avait un peu choquée en étant direct, mais la façon dont il avait dit cela ne lui avait pas donné l'impression d'être un morceau de viande. Non, elle s'était sentie désirée.

Adorable. Le gars était vraiment adorable.

— J'aimerais bien, merci.

Le soulagement sur le visage de Shane la fit sourire davantage.

— Il y a des choses que tu n'aimes pas ?

— Pas grand-chose.

C'était absolument vrai. Elle avait trois frères aînés qui avaient une saine admiration pour l'alcool sous toutes ses formes. Ils lui avaient offert un large éventail de choix dont elle pouvait s'inspirer.

Shane recommença à secouer la tête mais s'arrêta et un sourire ébahi lui tordit les lèvres.

Oh, s'il vous plaît, dites-lui que je ne suis pas un de ces crétins qui s'ignorent et qui pensent que les femmes ne devraient pas apprécier le sexe ni l'alcool. Des machos qui croient que le simple fait d'avoir une bite leur donne le droit de juger les femmes.

Elle me laisserait avec un gros problème de couilles bleues…

— Alors, tu le veux plutôt doux ou raide ?

Oh, mon Dieu.

La chaleur l'envahit au son profond et suggestif de sa voix, et elle dut prendre une rapide inspiration avant de pouvoir répondre.

— Je ne peux pas avoir les deux ?

Son sourire lui fit serrer les cuisses, et lorsqu'il répondit elle se mit à mouiller.

— Tu peux avoir tout ce que tu veux ma belle.

Elle souriait tellement qu'elle en avait mal à la figure.

— Alors je vais prendre un verre de tequila et une bière.

— ça arrive tout de suite. Il s'éloigna mais regarda par-dessus son épaule, avec ces yeux bleus qui brillaient comme s'ils étaient éclairés de l'intérieur. Ne bouge pas d'ici !

Elle leva un sourcil et fit un X sur la chair exposée de ses seins, attirant son regard dessus avant qu'il ne relève rapidement les yeux.

— Je serai ici même quand tu reviendras.

— Je te prends au mot.

— J'espère que tu ne vas pas me prendre qu'à ça.

Le regard de Shane s'assombrit, plein d'intention sexuelle.

— Où et quand tu veux.

Puis il se tourna et se dirigea vers le bar improvisé de l'autre côté de la pièce.

Bliss aspira de l'air dans ses poumons affamés. Elle se sentait étourdie.

Ça faisait si longtemps qu'un mec n'avait pas eu cette réaction à son égard. Ou qu'elle n'avait pas eu une telle réaction à un mec.

Et bon Dieu qu'est-ce que ça lui plaisait !

À l'autre bout de la pièce, elle vit Shane tenir deux grandes bouteilles et deux verres à liqueur en revenant vers elle. Il ne s'arrêta pour parler à personne et il ne semblait pas remarquer les regards que lui lançaient les autres femmes. Des regards qu'elle espérait sincèrement qu'il ne verrait jamais car elle le voulait pour elle toute seule.

Lorsqu'il se posta devant elle, elle lui prit un verre et une bouteille des mains, se servit et avala le *shot* d'un coup. Joli.

Posant le verre sur la table à côté d'elle, elle prit une gorgée de bière, consciente que Shane l'observait dans tous ses mouvements. Lorsqu'elle pencha la bouteille en arrière, son regard glissa vers sa bouche puis vers ses seins, qu'elle avait largement exposés ce soir, révélant tout leur potentiel. À quoi bon avoir un corps potable si on ne pouvait pas s'habiller pour se faire plaisir ? L'ensemble soutien-gorge et culotte en dentelle qu'elle avait choisi ce soir vaudrait la dépense, surtout si Shane avait l'occasion de le voir.

— Donc, tu es gardien de but. Comment va l'équipe cette année ?

Shane cligna des yeux et son regard revint vers elle. Il rougit et elle pensa que c'était parce qu'il avait été pris en train de fixer sa poitrine.

— Bien. On s'en sort bien. Puis il fit une grimace. À peu près.

Il semblait vouloir dire autre chose, mais il resta silencieux.

Elle en revanche ne pouvait pas rester silencieuse.

— Et tu joues avec Cary ? lui demanda-t-elle.

Shane acquiesça et garda les yeux fixés sur les siens.

— C'est un type formidable. Il fera un excellent entraîneur.

Le respect dans la voix de Shane redonna le sourire à Bliss. Manifestement, il admirait Cary.

— Tu es de la région ?

Il secoua la tête.

— Minnesota. Je n'avais pas envie de rentrer à la maison pour Noël cette année. Quelque chose traversa son expression mais passa rapidement. Nous avons un match le lendemain de Noël et je ne voulais pas faire tout ce voyage. Et toi ? Tu es du coin ?

Apparemment, il ne voulait pas parler de sa famille. Pas de problème. Tout le monde avait des problèmes familiaux.

— Oui. Je suis née et j'ai grandi ici. Toute ma famille est encore là, y compris mes quatre frères aînés. Nous sommes terriblement proches.

À quel point... ? Ouais, elle n'allait pas s'épancher là-dessus, surtout quand elle rencontrait quelqu'un pour la première fois.

Il leva les sourcils à l'évocation de ses quatre frères, et elle s'attendait presque à ce qu'il s'éloigne lentement. Certains gars le faisaient. Et quand elle mentionnait que l'un d'eux était flic... Ça réduisait encore plus le troupeau.

Puis il sourit... et elle retint son souffle.

— On dirait ma famille. Même si je ne suis plus à la maison, mes parents, ma sœur et mon frère ont besoin de savoir tous les petits détails sur ma vie.

— Est-ce que c'est dur d'être loin d'eux pendant les fêtes ?

Il hocha la tête et son sourire se transforma lentement en grimace.

— Ouais. Mais je voyage pour le hockey depuis que j'ai douze ans, alors je suis habitué.

— Waouh ! C'est super jeune.

Il haussa les épaules.

— Pas vraiment. Du moins, pas d'où je viens.

— Je dois admettre que... je n'ai assisté qu'à deux matchs des Redtails et j'étais surtout assise dans un box en train de parler à mes amis. Ce n'est pas que je n'aime pas ce sport. J'aime bien. C'est juste que j'aie toujours autre chose à faire.

Maintenant, son sourire s'élargit.

— Je peux régler ce problème. Laisse-moi t'offrir un billet pour notre prochain match à domicile.

Bon sang, quand cette femme souriait, ce qu'elle faisait souvent, Shane avait une pulsion presque irrésistible de tomber à genoux à ses pieds et de répéter : « Je n'en suis pas digne ».

Et il savait exactement ce qu'il ferait quand il serait en bas. Il lui soulèverait cette jupe, mettrait ses mains sur ses cuisses nues et l'attirerait de plus en plus près. Puis il mettrait sa bouche...

Putain de merde. Il devait s'arrêter avant de ne plus avoir aucun espoir de cacher sa trique.

— Bien sûr. Son sourire s'éclaircit, j'aimerais bien. Est-ce que je pourrai te voir jouer ?

En grimaçant, il haussa les épaules. Il y a quelques semaines, il lui aurait dit oui parce qu'il avait été sur la plupart des matchs. Ces dernières semaines, cependant...

Merde, il était nul. Et il avait besoin de l'éloigner du sujet du hockey.

— ça se pourrait. Alors, qu'est-ce que tu fais ?

— J'aide ma tante à gérer sa boutique de mariage à West Reading. Elle a trois garçons et aucun d'eux ne voulait travailler dans la boutique. Je l'aide depuis que j'ai quinze ans. Maintenant, c'est un travail à plein temps. Mon oncle a pris sa retraite l'année dernière et ils aiment voyager, donc je suis souvent seule là-bas.

— Tu tiens le magasin toute seule ?

Elle leva les sourcils et Shane se demanda s'il avait dit une bêtise.

— C'est pas si grand que ça, donc, oui. Le week-end, un de mes cousins vient m'aider. Ils étaient dix chez mon père, alors j'ai beaucoup de cousins. En fait, j'adore aider les mariées à choisir leurs robes. Nous faisons aussi les robes des demoiselles d'honneur et des mères des mariés, les robes de bals de promo et pour les occasions spéciales. C'est en fait très amusant. Elle se pencha et lui aussi. Ne le dis pas à ma tante, mais je travaillerais gratuitement si je n'avais pas besoin de payer mon loyer.

— Où habites-tu ?

— J'ai un appartement à West Reading.

— Moi aussi. Je le partage avec un des gars de mon équipe. Mais il est chez ses parents pour les vacances.

Quelque chose brilla dans ses yeux.

— Alors je suppose que si nous voulions retourner chez toi pour boire un verre plus tard...

Il essaya de ne pas garder la bouche ouverte mais... Merde, cette fille lui donnait l'impression d'avoir gagné à la putain de loterie. Il devait remercier Cary de lui avoir forcé la main pour venir ce soir.

— Ce ne serait pas un problème.

Mince, il espérait qu'ils allaient bientôt manger. Son sourire lui donnait envie de sauter le dîner, mais ce serait impoli. Ça en valait la peine mais c'était impoli.

En plus, elle n'avait pas vraiment dit qu'elle voulait aller à la maison avec lui. Elle était peut-être simplement en train de flirter avec lui. Honnêtement, il n'avait pas assez d'expérience avec les filles pour le savoir.

Peut-être qu'il devrait se résigner à quelques heures de préliminaires et à se retrouver avec les couilles bleues. Ce serait déjà ça.

Heureusement, Lori annonça que le dîner était prêt et tout le monde se dirigea vers la cuisine pour manger.

Parler de la pluie et du beau temps devenait plus facile, principalement parce qu'il y avait d'autres personnes autour pour le soutenir. Il n'était pas doué pour faire la conversation, sauf s'il s'agissait de parler de golf, de sport, de jeux vidéo ou, bien sûr, de hockey.

Ce qui faisait des rencontres avec les fans une vraie torture. Il avait appris à cacher sa gêne dans une certaine mesure, mais la plupart des gens avaient encore du mal à le faire sortir de sa coquille.

Mais Bliss ne semblait pas découragée. Il avait l'impression qu'elle pouvait parler avec n'importe qui.

Alors que tout le monde se rassemblait pour remplir son assiette puis se retirait dans la pièce principale pour trouver un endroit où s'asseoir et manger, elle discuta avec plusieurs personnes tout en restant à ses côtés.

D'un accord tacite, ils trouvèrent de la place pour s'asseoir mais une autre femme vint se poser à côté de Bliss et commença à blablater au sujet de son prochain mariage.

Bliss ne semblait pas s'en offusquer. Probablement parce qu'elles parlaient de trucs de mariage. Un sujet qui n'intéressait absolument pas Shane. Du moins, pas à ce stade de sa vie.

Il n'avait pas de temps à consacrer à une épouse ou même une petite amie. Il devait se concentrer sur son jeu. Sinon, il mettrait fin à sa carrière plus tôt que prévu.

Mais il aurait pu écouter Bliss parler pendant des heures. Et ensuite il voulait passer quelques heures avec elle *sans* parler.

— Alors, Shane, comment ça va ?

Shane se tourna en souriant vers Lori, qui s'était assise sur le bras de son fauteuil.

— Je suis presque sûr que tu connais déjà la réponse à cette question. Il fit une grimace. Je suis plutôt nul en ce moment.

— Je sais que ce n'est pas vrai. Lori sourit de cette façon cool et mystérieuse qui avait piégé Cary comme un hameçon dans la gueule d'une truite. Je t'ai vu jouer. Tu vis juste une période difficile. Ça va passer. Il faut que tu sortes de ta tête pendant un certain temps. Profite un peu de la vie et ne sois pas toujours aussi concentré sur le travail.

Si seulement c'était aussi simple.

En hochant la tête, il se força à lui sourire.

— Tu as raison. Cary me dit toujours de garder la tête haute.

Mais quand tu joues, tes mouvements doivent être instinctifs. Le jeu est trop rapide pour s'arrêter et réfléchir. Je dois être capable d'anticiper le mouvement avant qu'il n'arrive et de réagir avant d'y penser.

— C'est très vrai. Puis elle se pencha plus près et sa voix baissa jusqu'au murmure. Mais le conseil n'était pas seulement pour le hockey.

Ah.

Il n'était peut-être pas la lame la plus fine de la glace, mais il n'était pas idiot.

Lori lui pressa l'épaule, mais le rire de Bliss attira son attention. Elle parlait encore à l'autre fille, mais maintenant il s'agissait de voiles et de dentelles et d'autres trucs dont Shane n'avait aucune idée.

Mais cela n'avait pas beaucoup d'importance, tant qu'il pouvait écouter Bliss parler. Le son de sa voix le faisait bander. Peut-être s'était-il un peu trop concentré sur le hockey ces derniers temps ? Surtout s'il avait la trique rien qu'en écoutant une conversation de filles.

Comme si Bliss l'avait entendu penser à elle, elle se retourna et lui sourit.

Il faillit en avaler sa langue.

Quand diable pourraient-ils partir sans avoir l'air suspect ?

Maintenant. Demande-lui de venir chez toi pour boire un verre.

Il n'avait qu'à ouvrir la bouche et faire sortir les mots.

Mais il n'arrêtait pas de se laisser distraire par la vue de tous ces cheveux roux qui lui tombaient dans le dos en vagues parfaites et de ce joli visage qui ferait honte à certaines actrices.

Et son corps... Bon sang, il salivait. Il voulait poser ses mains sur ses seins puis les faire glisser le long de son corps jusqu'à son magnifique cul. Puis il la soulèverait pour qu'elle puisse enrouler ses jambes autour de sa taille.

Nue. Il la voulait nue et sous lui. Ou au-dessus de lui. Il n'était pas difficile.

Lori fit un petit bruit, presque comme un rire étouffé, et son regard se tourna vers Bliss.

Merde. Elle sait exactement à quoi tu penses.

— Amuse-toi bien ce soir, Shane. Lori se leva en lui souriant. Demain, ça ira tout seul.

Puis elle partit, mais pas avant d'avoir ébouriffé les cheveux de Shane. Comme l'aurait fait sa mère. Elle le fit se sentir comme un enfant, mais pas d'une façon désagréable. Il se retourna vers Bliss en souriant et vit qu'elle le regardait.

— Tu t'amuses bien ?

Il entendit à peine sa question car son expression faisait tendre tous ses muscles par anticipation et un étrange bourdonnement retentissait dans ses oreilles.

Puis elle plissa son adorable nez.

« Je sais que j'ai monopolisé ton attention et... »

— Mais je t'en prie. Son sourire disparut, remplacé par une intention hyper sérieuse. Monopolise-moi. Toute la nuit. Je t'en supplie.

Elle cessa de sourire mais il vit s'accroitre la chaleur dans son regard.

Se penchant plus près, elle posa la main sur le coussin entre eux, touchant presque sa cuisse mais pas tout à fait.

— Je vais te prendre au mot.

— J'espère bien, put...

Son sourire revint, lentement, et tellement chargé de sensualité que son cœur se mit à cogner contre ses côtes.

— Hum, je pense que mon fiancé a besoin de moi, dit la jeune femme qui avait parlé à Bliss. Elle avait aussi le sourire aux lèvres en se levant. Ravi de vous avoir parlé.

Bliss sourit à la jeune femme en plissant le nez mais ne fit rien pour l'arrêter.

Et quand elle se retourna vers lui elle pinça les lèvres en un minuscule sourire qui fit encore plus battre son cœur.

Bon, peut-être qu'il s'était vraiment fait frapper la tête à l'entraînement et que c'était une hallucination ? Puis Bliss posa sa main sur son genou et une décharge électrique le traversa. Non, ce n'était certainement pas une hallucination.

— Alors combien êtes-vous dans ton équipe ?

Étonnamment, il pouvait encore parler.

— Nous avons vingt-deux gars sur la liste.

— Est-ce que tout le monde s'entend bien ? Je ne peux pas imaginer que tant de gars passent autant de temps ensemble et s'entendent tout le temps. Mes frères se battaient toujours pour quelque chose et ils n'étaient que quatre.

— Pour la plupart, oui. On a un bon groupe.

Et ce n'était pas des conneries. Il appréciait vraiment ses coéquipiers. Du moins, ceux qui avaient été là pendant la plus grande partie de la saison. Il y a eu quelques gars qui avaient été échangés ou promus, mais la majorité était restée ensemble. Et ils formaient une équipe plus forte grâce à cela.

— On dirait que tu aimes ce que tu fais.

— Je ne peux pas m'imaginer faire autre chose. Même quand... Merde. Il valait probablement mieux ne pas finir cette phrase, surtout devant une fille qu'il venait de rencontrer. Elle ne voulait pas entendre parler de toutes les saloperies dégoûtantes que les mecs se faisaient entre eux dans les vestiaires... Même après avoir perdu trois matchs d'affilée, que le coach nous gueule dessus et que nous avons un trajet de sept heures en bus pour rentrer chez nous.

Elle éclata d'un rire grave et profond.

— Tu as raison. Ça a l'air horrible.

— Ouais. Tu n'aimerais pas être dans un vestiaire plein de joueurs de hockey après un match perdu. On est à peine humains.

Bliss rit encore et Shane aurait pu jurer que tous les gars de la pièce s'étaient tournés pour la regarder. Il savait que s'il n'avait pas été assis ici avec elle, il l'aurait regardé aussi parce que, bon sang, son rire faisait crisper ses tripes de désir.

Shane était presque sûr qu'il pourrait repousser tous ceux qui tenteraient de lui piquer. Il était l'un des plus grands gardiens de but de la ligue. Il avait une allure de bagarreur et il n'avait pas peur de prendre un coup s'il le fallait.

Et s'il devait faire sortir quelqu'un de son territoire...

— Je suis sûre que c'est un peu exagéré. Certains hommes sont superbes en sueur. Bliss se pencha plus près, sa voix prenant un ton d'alcôve. Ça donne envie aux filles de les lécher. Partout.

Shane dut lutter pour retenir son gémissement, mais il ne put rien faire contre son érection dure comme le roc. Cette saloperie refusait de se ratatiner.

Fixant les beaux yeux noisette de Bliss, il répondit la première chose qui lui vint à l'esprit.

— Tu peux me lécher là où tu veux.

Seigneur Jésus, il espérait que personne d'autre n'ait entendu cela. Ce n'était pas vraiment une conversation pour un dîner.

Heureusement que Bliss ne semblait pas s'en offusquer. En fait, il trouva même que son regard devenait plus chaud.

— Ne sois pas surpris si je te prends au mot.

Sa voix était devenue un chuchotement rauque et son souffle frôla sa joue.

Oh putain.

Après un dernier regard brûlant dans sa direction, Bliss tourna à nouveau son attention vers son repas.

Comme il ne pouvait pas la quitter des yeux, il la regarda faire glisser sa fourchette entre ses lèvres. Gémissant, elle ferma les yeux. Avec une expression de... eh bien, de félicité[2] sur son visage qui donna à ses poumons l'impression d'avoir été pris dans un étau.

« Oh mon Dieu. Elle rouvrit les yeux. C'est incroyable. Tu as essayé ça ? »

Il n'avait aucune idée de ce dont elle parlait car il n'avait aucune idée de ce qu'elle avait mis dans sa bouche.

« J'ai hâte de voir ce qu'il y a pour le dessert. »

Shane espérait sérieusement qu'il était au menu.

CHAPITRE TROIS

Une demi-heure plus tard, Shane était prêt à escalader les murs pour accéder à la porte.

Il avait passé la dernière demi-heure à parler à Cary, qui avait tenu parole. Ils n'avaient pas mentionné une seule fois le hockey. Au lieu de cela, ils avaient goûté et discuté des nouvelles bières que Lori envisageait d'ajouter aux robinets du bar qu'elle tenait.

En fait c'était Cary qui parlait. Shane faisait semblant d'écouter mais il était vraiment obsédé par Bliss, qui parlait à Lori.

Jusqu'à ce qu'elle se tourne vers lui en souriant alors que Lori marchait dans la direction opposée.

Maintenant, il avait carrément mal aux couilles.

Et à côté de lui, Cary riait sous cape, comme s'il savait exactement ce que Shane pensait. Pour sûr, le salaud le savait.

— Passe une bonne nuit, Shane. Cary lui tapa sur l'épaule et le poussa un peu vers Bliss. Appelle-moi demain et dis-moi que tu as survécu. Je te dirai à quelle heure pour la patinoire.

Shane garda ses bonnes manières assez longtemps pour remercier Cary avant de se poster à côté de Bliss.

Quand elle le regarda et que ses lèvres se relevèrent en un sourire, il jura que tous les autres dans la pièce avaient disparu.

— Tu veux venir chez moi pour boire un verre ?

Il aurait voulu se foutre une baffe pour avoir simplement laissé échapper cela, mais au moins il n'avait pas été assez stupide pour ajouter « et baiser comme des malades ».

Bon, c'est exactement ce qu'il espérait, mais quand même. Trois heures de drague lui avaient occasionné un cas sérieux de priapisme et il savait exactement comment il voulait le soigner. En s'enfonçant au plus profond de Bliss.

Ses mains le démangeaient de la toucher et il devait pratiquement se mordre la langue pour ne pas se pencher et l'embrasser. Comme s'il avait fantasmé sur elle pendant une heure.

Et puis il la déshabillerait entièrement et...

— Tu veux partir maintenant ?

La question calme de Bliss et son léger sourire le touchèrent au plus profond de ses tripes et le firent presque gémir.

Bordel de merde. Il n'était pas sûr de pouvoir rentrer chez lui sans se taper la honte.

Cette fille faisait ressortir quelque chose en lui qu'il n'était pas sûr de pouvoir contrôler. Et il ne pensait qu'à contrôler. C'est ce qui faisait de lui un bon gardien de but.

Mais il lâcherait un peu les rênes si cela signifiait qu'elle venait à la maison avec lui.

« Ou, continua-t-elle, on peut attendre... »

— Si tu es prête à partir moi aussi. Bon sang son sourire le tua. Tu voudras bien me suivre ?

— Bien sûr. Ce serait génial.

Il eut envie de crier victoire en actionnant son poing. *Yess !*

— Super. Laisse-moi juste dire au revoir à Lori.

Elle posa la main sur son bras et son pouls s'accéléra.

— On peut le faire ensemble. Laisse-moi juste prendre mon manteau et mon sac. Je reviens tout de suite.

Dix minutes plus tard, elle suivait son pick-up dans sa petite Jeep Renegade rouge et il dut s'abstenir de rouler à toute vitesse. Le trajet n'était pas long, mais il regardait sans cesse dans le rétroviseur pour s'assurer qu'elle soit toujours là.

Jusqu'à ce qu'ils se garent sur le parking derrière son immeuble, Shane avait tellement serré les dents qu'il avait peur qu'elles ne se cassent.

Puisque son colocataire était à Ottawa pour les vacances, ils auraient l'appart pour eux tout seuls. Heureusement, CJ était hyper maniaque et Shane avait appris à être un peu moins désordonné depuis qu'ils vivaient ensemble. L'appartement n'était donc pas trop en bazar.

Et il avait même changé les draps hier. Quel coup de bol !

En sortant de sa voiture, Bliss frissonna un peu et elle passa sa main sous son bras alors qu'ils marchaient vers l'entrée de l'immeuble.

— Ma voiture n'a même pas eu le temps de se réchauffer pendant le trajet, dit-elle. Tu dois être habitué au froid, non ?

— Plutôt oui. Quand on passe autant de temps sur la glace, ça n'est rien ça.

— Quand est-ce que tu as commencé à jouer au hockey ?

Shane ouvrit la porte du bâtiment et la fit entrer devant lui.

— Honnêtement, je ne me souviens pas d'une époque où je n'étais pas sur des patins. Ma mère dit que je suis né avec ces patins aux pieds. Là où j'ai grandi, soit on patinait, soit on passait un temps fou enfermé à l'intérieur de novembre à avril.

— Tu as donc joué toute ta vie ?

Quelques pas dans le couloir et ils arrivèrent à son appartement. Il répondit en ouvrant la porte.

— Je n'ai jamais voulu faire autre chose. J'aime trop ce sport.

Elle se glissa à côté de lui alors qu'il s'avançait pour allumer.

— Je ne sais pas grand-chose sur le hockey.

— Je t'apprendrai tout ce que tu veux savoir.

Elle s'arrêta sur le pas de la porte alors qu'il continuait à entrer dans le salon, en enlevant son manteau pour le mettre dans le petit placard à côté de la cuisine.

— Mon joueur personnel. Hmm, je pense que j'aimerais ça.

Le ton rauque de sa voix lui fit tourner la tête vers elle et la lueur amusée dans ses yeux fit contracter ses muscles.

— Qu'est-ce que tu veux savoir ? Demande-moi n'importe quoi.

— Eh bien, ses yeux s'élargirent, c'est presque trop beau pour passer à côté.

La note taquine de sa voix, combinée à ce petit sourire, lui provoqua un autre frisson dans le dos.

— Qu'est-ce que tu veux savoir ?

Elle pencha la tête sur le côté, comme si elle pensait.

— Tu aimes ce que tu fais ?

Trop facile.

— J'adore ça. C'est tout ce que j'ai toujours voulu faire.

— C'est incroyable. Tant de gens ont un travail qu'ils détestent mais qu'ils gardent juste pour pouvoir manger. Mais toi tu peux faire ce que tu aimes.

Quelque chose dans sa voix lui fit lui demander :

— Tu n'aimes pas ce que tu fais, toi ?

Bliss secoua la tête en déboutonnant son manteau.

— Oh, ne te méprends pas. J'adore travailler pour ma tante. Et j'aime ce que je fais. C'est juste que...

Il revint vers elle pour prendre son manteau, en essayant de ne pas saliver pendant qu'elle le retirait.

— Quoi ?

Elle haussa les épaules, attirant son regard vers sa poitrine. Puis il se donna une tape mentale sur la tête et releva les yeux.

— C'est un peu solitaire. Elle haussa les épaules. Ça doit être bien de savoir qu'on a une équipe entière derrière soi.

Il rit, ne pouvant pas s'en empêcher.

— Eh bien, c'est un peu comme avoir une énorme famille rien qu'avec des frères. On passe tellement de temps ensemble qu'on apprend à bien connaître tout le monde. Cela signifie aussi qu'on apprend à les connaître *trop* bien. On a un bon groupe de gars cette saison, mais il y en a toujours quelques-uns, tu sais, ceux qu'on a envie d'étrangler quand ils racontent la même foutue blague pour la millième fois. Ou qui emprunte toujours quelque chose et ne le rendent jamais. Et ils savent tous quoi faire pour te mettre en rogne.

Le sourire de Bliss fit tressauter sa bite.

— Ça, je comprends tout à fait. J'ai une grande famille et il y a des jours où j'ai envie de les étrangler tous et des jours où je ne saurais pas quoi faire sans eux. C'est dur de grandir avec quatre frères plus âgés.

Elle semblait vouloir dire autre chose mais ne finit pas.

— Est-ce que tu as pu avoir des petits copains ? Je me dis qu'avec autant de frères, ils devaient faire fuir tous ceux qui essayaient, non ?

Il lui fit signe de s'approcher du canapé. Elle suivit ses conseils et s'assit, en retirant ses chaussures avant de recroqueviller les pieds sous ses jambes.

— Mes deux frères aînés étaient partis à l'université quand j'ai commencé à sortir et mes frères plus jeunes... enfin, ils avaient leurs propres trucs à régler. Mais mon père... Il était flic. Tu veux te débarrasser d'un gars rapidement ? Demande à ton père de dire à ton rencard qu'il jettera son cul en prison s'il ose poser la main sur toi. Bien sûr, quand j'ai raconté ça à ma mère, elle lui a fait la leçon. Après ça, il regardait juste de travers tous les mecs que je ramenais à la maison et ma mère faisait quelque chose pour le distraire. C'est le couple parfait. Ils l'ont toujours été.

Shane rigola.

— Ouais, mes parents étaient plutôt parfaits aussi. Ma mère

travaillait à la maison donc elle était toujours là. Le dîner sur la table tous les soirs, des biscuits faits maison après l'entraînement. Mon père travaillait de jour à l'usine de papier et il entraînait les équipes où j'étais. Depuis mes cinq ans jusqu'au lycée.

— ça fait très rêve américain.

Il fit la grimace.

— Ouais... On peut penser ça maintenant si on regarde en arrière mais à l'époque... bon Dieu, j'avais l'impression de ne jamais avoir une minute à moi.

Elle posa son bras sur le dossier du canapé et sa tête sur sa main.

— Tu as des frères et sœurs ?

— Un frère et une sœur plus jeunes. Des jumeaux.

Il avait été au centre de la vie de ses parents pendant sept ans avant que sa mère ne tombe à nouveau enceinte. Et quand il était devenu évident qu'il avait assez de talent pour faire carrière dans le hockey, ses parents avaient fait tout leur possible pour qu'il se retrouve là où il devait être.

« Mon frère joue aussi, ma sœur a passé la plupart de son enfance dans des patinoires mais elle ne joue pas. C'est une sacrée bonne patineuse en fait, mais... »

— Mais quoi ?

Elle avait l'air sincèrement intéressée et il ne pouvait pas ne pas répondre.

— Parfois, je pense que mes parents ont investi un peu trop de temps pour moi et que ma sœur a été lésée.

— Elle te l'a dit ?

Bliss semblait sincèrement concernée et ça lui donnait envie de l'embrasser.

— Non. Mais je me demande toujours.

— Est-ce qu'elle patine encore ?

Shane haussa les épaules.

— Pas beaucoup. Elle est à l'université. Elle prépare un diplôme de vétérinaire.

Shane et son frère se moquaient sans cesse de Giselle sur le fait qu'elle soit la seule d'entre eux à aller à l'université. Mais il était sacrément fier d'elle.

— Plutôt intelligente donc, comme fille.

— Oh oui.

— Donc si elle avait voulu faire du patin, elle aurait trouvé un moyen. N'est-ce pas ?

Un sourire le prit au dépourvu. Giselle n'était pas la seule femme intelligente qu'il connaissait, apparemment.

— Probablement, oui. Elle a toujours su comment obtenir ce qu'elle voulait. Je suppose qu'elle était obligée avec deux frères.

— Et toi, Shane ? As-tu ce que tu veux ?

Il repensa à son jeu merdique dernièrement, à la façon dont il laissait tomber son équipe. Sur le fait qu'elle ait accepté de rentrer à la maison avec lui, aussi.

— Pas toujours, non. Mais j'espère que je le ferai ce soir.

Et encore ce sourire dévastateur.

— Je ne pense pas que tu aies à t'inquiéter pour ça.

Il secoua la tête en souriant.

— J'aime bien que tu n'aies pas peur de dire ce que tu as en tête.

Elle haussa les épaules.

— Personne ne devrait avoir peur de ça.

— Tu as tout à fait raison. Je préfère de loin t'entendre dire ce que tu penses plutôt que tu ne dises rien du tout.

Il jura qu'il avait senti la chaleur de son sourire lorsqu'elle se pencha plus près et posa sa main sur son bras, ses muscles se crispant à son contact.

— Alors laisse-moi te dire combien j'ai hâte de t'embrasser. Sa tête s'inclina sur le côté. Et de te toucher. Et... de tout ce qui pourrait arriver en chemin.

Bliss se recula suffisamment pour pouvoir voir le visage de Shane dans la faible lumière de la pièce. Elle vit la profonde inspiration qu'il retint et la façon dont sa gorge se contracta alors qu'il déglutissait. Puis il passa une main dans ses cheveux foncés et hirsutes et elle eut envie de faire de même. Elle savait qu'elle aurait l'impression d'avoir de la soie entre ses doigts.

— Super. C'est génial. Il se tut, fronça les sourcils, puis secoua la tête comme s'il essayait de remettre quelque chose en place. Je ne veux pas que tu penses que j'essaie de profiter de toi.

Waouh, il était réel ? Il avait l'air trop gentil. Pas du tout ce à quoi elle s'attendait. Non pas que ce soit une mauvaise chose. Mais ça lui fit se demander si elle ne commençait pas à s'en sortir trop bien.

Alors elle regarda dans ses yeux et ne vit que du désir. Une chaleur brûlante qui lui vola son souffle. Et elle réalisa que Shane était l'affaire du siècle. Un mec vraiment sympa.

Elle avait commencé à croire qu'ils n'étaient qu'un pur mythe.

Elle serra les cuisses et aspira de l'air, ayant soudain du mal à respirer.

Bon Dieu, quand est-ce que la température était montée au point qu'elle veuille enlever ses vêtements ? OK, peut-être qu'elle voulait juste que Shane commence à se déshabiller.

Mais d'abord, elle devait lui poser une question très importante.

— Et si je voulais que tu en profites, justement ?

La chaleur dans ses yeux brûlait encore plus fort, et le sourire ironique qui recourba sa belle bouche lui crispa le ventre.

— Peut-être que je préfère que ce soit toi qui profites de moi.

Oh oui, s'il vous plaît. Ça lui irait très bien, ça.

Alors que ses yeux bleus brillants se réduisaient à deux

fentes et sa bouche n'était plus qu'une ligne droite, Bliss jura qu'elle sentait l'intensité sexuelle s'échapper de Shane comme de la buée.

Puis il se rapprocha et, comme elle dut incliner la tête pour le regarder, elle réalisa à quel point il était plus grand qu'elle. Plus large, plus lourd et plus musclé.

Incroyable, elle n'avait pas peur. Elle savait instinctivement que cet homme ne lui ferait pas de mal. Bien sûr, si elle lui demandait de la fesser...

Rien que d'y penser, ses joues s'empourprèrent.

Que dirait-il si elle lui demandait ? Peut-être qu'il ne faisait pas dans le pervers ? Non pas que la fessée soit vraiment perverse mais...

Oh et puis merde.

Elle tendit les bras et enroula ses mains autour de son cou pour l'attirer à elle. Ils se rejoignirent à mi-chemin et elle pressa ses lèvres contre les siennes.

Elle souhaitait qu'il n'ait aucun doute sur ce qu'elle voulait. Qu'il sache qu'elle voulait tout ce qu'il avait à donner.

Et lorsqu'il lui rendit son baiser, elle réalisa que non seulement il embrassait très bien, mais que ce qu'elle avait pris pour de la timidité était en réalité de la réserve. Et elle venait de lui donner la permission de se libérer de ses chaînes.

Ses mains se posèrent sur ses épaules, serrées mais pas menaçantes. Et ça ne fit pas du tout mal. Mais il n'allait pas la libérer à moins qu'elle ne le lui demande.

Calme-toi mon cœur.

Son cœur se mit à battre encore plus vite.

Si fort. Tellement... exigeant.

En gémissant doucement, elle se rapprocha alors que sa bouche s'ouvrait sur la sienne et que sa langue glissait entre ses lèvres.

C'était peut-être elle qui avait initié le baiser, mais elle réalisa que ce n'était pas elle qui le contrôlait. Elle était d'accord avec cela. Tout à fait d'accord.

Elle inclina la tête en soupirant pour qu'il puisse l'embrasser plus profondément. Il n'avait pas besoin de plus d'encouragement que ça.

Son baiser devint plus intense, il menaçait de brûler. La chaleur l'envahit, lui faisant dresser les pointes des seins et resserrer les cuisses.

Sa langue glissa contre la sienne, s'emmêlant avec. Pas de taquinerie, pas d'allusion. Juste une demande pure et simple.

Shane était passé directement de zéro à cent en un temps record.

Et même si cela ne lui posait pas de problème, son corps mit quelques secondes à le rattraper. Pour lui permettre de reprendre le contrôle.

Et quand elle le fit...

Ses poumons se figèrent lorsque ses lèvres bougèrent sur les siennes avec une habileté à laquelle elle ne s'attendait pas. Une habileté qui rendit son cerveau inutile lorsqu'il caressa sa langue avec la sienne, puis la suça d'une façon sexy qui lui donna envie d'accepter tout ce qu'il lui demanderait.

Comment cela s'était-il produit ? Comment était-il passé d'un peu maladroit et adorable à passionné et exigeant ?

Et honnêtement... qui s'en souciait ? Surtout lorsque le désir se glissait dans son corps, rendant son sexe humide et... bon sang, quand avait-il aplati ces énormes mains dans son dos pour l'attirer plus près ?

Elle sentait chaque doigt à travers son chemisier alors qu'il les enfonçait dans sa peau. Il ne lui faisait pas de mal, mais elle n'irait certainement nulle part sans son autorisation.

Oh mon Dieu, elle adorait ça.

En enroulant ses bras autour de son cou, elle cambra le dos en écrasant sa poitrine contre la sienne, essayant de soulager la douleur dans ses seins. Elle voulait qu'il mette ses mains dessus et les presse, pas pour faire mal, juste...

Mon Dieu, elle n'en pouvait plus.

Elle releva un genou en gémissant doucement et en maudissant sa jupe serrée. Elle ne pouvait pas écarter les jambes sans relever sa jupe, et elle ne pouvait pas le faire sans la tirer vers le haut avec les mains.

Peut-être qu'il lui arracherait juste cette fichue chose.

Son cœur commença à battre deux fois plus vite et elle eut de plus en plus de mal à respirer.

En lui caressant le dos avec ses mains épaisses il descendit jusqu'à ses fesses, les empoigna et la pressa contre lui.

Elle eut deux secondes pour se demander si sa jupe allait se déchirer aux coutures avant qu'ils ne se retrouvent à l'horizontale. Sans relâcher sa bouche.

Cet homme avait certainement du talent. Il lui volait son souffle et ne lui laissait jamais le temps de le retrouver. Ses mains ne cessaient de la toucher, de la caresser et de la pétrir.

À présent, il n'y avait plus une once de timidité dans son corps. Ce qui signifiait simplement qu'elle ne pouvait plus penser correctement.

Surtout pas alors qu'elle était allongée à plat ventre sur lui et qu'elle sentait son impressionnante érection pressée contre son ventre.

Waouh !

Elle voulait glisser ses mains dans son pantalon et enrouler ses doigts autour de lui, mais il lui faudrait manœuvrer pour mettre une main entre eux deux et elle ne voulait pas le distraire de... quel que soit le sort qu'il jetait sur son corps.

Ses mains semblaient être partout. Il lui caressait le dos, lui caressait le cul, s'enfonçait dans ses cheveux pour lui incliner la tête d'une certaine manière afin qu'il puisse l'embrasser plus fort, de manière plus excitante. Beaucoup plus excitante.

Elle voulait bouger. Elle ne voulait pas bouger. Elle voulait se débarrasser de ses vêtements et passer à la partie suivante.

Bien qu'il n'y ait rien de mal à cette partie-là.

Il l'embrassa comme s'il avait faim d'elle. Comme s'il ne pouvait pas en avoir assez et qu'elle était la seule personne au monde à pouvoir lui donner ce qu'il cherchait.

Son intensité menaçait de la dominer. Il lui volait son souffle et sapait sa volonté de bouger. Ce serait si facile de lui donner le contrôle qu'il voulait.

Mais ce n'était pas dans la nature de Bliss.

Elle commença à se battre pour reprendre le dessus. Elle ne luttait pas contre lui mais doucement, elle donnait plus qu'elle ne recevait.

Quand sa langue se retira la fois suivante, elle suivit en la glissant contre ses lèvres et en le taquinant jusqu'à ce qu'elle l'entende gémir.

Il lui pressa les fesses et la serra contre lui pour pouvoir pousser contre elle. Durement. Comme s'il pouvait la pénétrer à travers leurs vêtements.

Une fraction de seconde plus tard, il la relâcha et se recula.

— Merde, je ne ... désolé. Je veux dire... Merde.

Le regard ardent de Shane lui fit remuer le bassin contre le sien.

Bliss glissa ses mains le long de son corps pour lui toucher la mâchoire, sa barbe rugueuse et séduisante sous ses paumes.

— Pas de soucis. Ne sois pas désolé. Fais-moi confiance, je suis cent pour cent avec toi.

Elle le vit déglutir difficilement, ses yeux se rétrécissant légèrement. Avait-elle été trop directe ?

Puis sa bouche s'incurva à nouveau avec ce petit sourire et elle jura que ses os étaient devenus liquides. Ou du moins, elle l'était entre ses cuisses.

Dans la seconde qui suivit, il les fit tourner dans un mouvement qu'elle ne put pas tout à fait suivre, son corps étant si incroyablement agile.

Elle se retrouva sur le dos à le regarder, légèrement étourdie. Pas effrayée. Trop excitée pour être effrayée.

Mais bon sang, le gars était grand. Il bloquait tout. La lumière. L'environnement. Il lui donnait l'impression qu'elle était la seule chose au monde pour lui, en ce moment.

Le paradis.

Et quand sa tête descendit pour l'embrasser à nouveau, elle le rencontra à mi-chemin, sa bouche s'écrasant contre ses lèvres dans un claquement de dents et de langues voraces.

Elle lui enfonça une main dans les cheveux et enroula ses doigts autour des mèches lui arrivant presque aux épaules. Elle le tint tout près, aspirant de l'air par le nez tandis que leurs langues s'entremêlaient.

Mon Dieu, elle aurait pu faire ça pendant des heures. Le laisser l'embrasser jusqu'à ce qu'elle pense franchement qu'elle allait s'évanouir par manque d'oxygène. Elle n'avait jamais été avec un gars qui savait embrasser aussi bien.

Où diable avait-il appris à faire ça ? Et était-il aussi doué dans d'autres domaines ?

L'idée lui vint comme un coup de poing dans le ventre lorsqu'il commença à adoucir le baiser, retirant sa langue jusqu'à ce qu'il s'écarte enfin.

Appuyé sur ses coudes, il la regarda fixement. Ses yeux bleus brillants, si attentifs et concentrés sur elle, lui donnaient envie de le caresser. Partout. Nu.

— Si je vais trop vite, donne-moi un coup, d'accord ?

Pas question.

— Si tu allais trop vite, mon genou serait déjà dans ton entrejambe. Je t'ai dit que j'avais grandi avec quatre grands frères, non ?

Ses yeux se rétrécirent.

— Oui. Il fit une pause et il a eu un regard qui lui donna envie de lui lécher le cou. Ou n'importe quel endroit qu'elle pourrait atteindre. Alors si je te demande si je peux te déshabiller, est-ce que je vais trouver ton genou quelque part où je n'ai pas envie qu'il soit ?

Laissant ses mains caresser ses épaules jusqu'à sa taille, elle commença à tirer sa chemise hors de sa ceinture en lui souriant.

— Non. Je ne veux pas... t'abîmer. De quelque façon que ce soit.

Encore ce rougissement, celui qui la faisait sourire. Puis il passa une de ses mains dans ses cheveux et tira dessus. Pas assez pour faire mal. Juste assez pour que son sexe se mette à pulser.

— Je suis assez coriace. Je peux supporter pas mal de dégâts.

La chaleur l'envahit alors qu'elle pensait à ce qu'il pourrait faire avec ce corps.

— Je n'en ai aucun doute.

Sa chemise étant sortie de son pantalon, elle glissa ses mains sous le tissu pour appuyer sur ses flancs, juste au-dessus de la ceinture.

La forme de ses muscles bien marqués fit que ses doigts lui démangèrent de le mettre complètement nu.

Alors qu'il se tenait au-dessus d'elle sur des bras raides, elle attrapa les boutons de sa chemise.

Mais avant de commencer, elle jeta un coup d'œil vers le haut et dut déglutir en voyant l'envie sur tous les angles aigus de sa mâchoire.

Oh là, là.

Elle n'avait jamais perçu autant de désir de la part de quelqu'un. Jamais. C'était enivrant. Cela lui donnait envie de se déshabiller et de lui laisser libre cours.

Dangereux. Beaucoup trop dangereux.

Pourquoi ? Ce n'était pas comme si elle allait épouser ce mec. Ils allaient faire l'amour un soir, c'est tout.

« Je pense qu'il faut que tu te déshabilles, maintenant. »

Sa seule réponse à sa demande rauque fut l'ondulation de sa gorge pendant qu'il déglutissait. Puis il se mit à genoux au-dessus d'elle et s'occupa des boutons de sa chemise.

Ses doigts la démangeaient de l'aider, mais elle les garda agrippés aux coussins du canapé. Elle n'avait jamais rien vu d'aussi sexy que cet homme qui sortait méthodiquement des boutons de leurs trous pour révéler le corps étonnant qui se trouvait en dessous.

Des épaules larges, un torse puissant et musclé. Des abdominaux comme une planche à laver qui auraient fait saliver un mannequin de sous-vêtements.

Mais cet homme n'était pas un mannequin. Sa clavicule présentait une longue cicatrice, il avait un bleu sur le bras gauche qui couvrait la plus grande partie de son biceps et une autre énorme tache violette juste au-dessus de sa hanche droite.

« Est-ce que ça fait mal ? »

— Qu'est-ce qui fait mal ? répondit-il sans la quitter des yeux.

Elle tendit la main pour passer les doigts juste au-dessus de la contusion sur sa hanche. Il baissa les yeux, et la regarda faire, les yeux rétrécis, alors qu'elle le touchait à peine.

— Non. Sa voix avait une profonde touche de contrôle qui donna à Bliss l'envie de gémir. Mais je vais te montrer ce qui me fait mal.

Elle déglutit convulsivement alors que ses mains tombaient sur la ceinture de son pantalon, puis elle lui fit un petit sourire en coin quand il s'arrêta sur le premier bouton de la braguette.

— Tu as besoin d'aide ?

Il plissa encore les yeux et elle dut aspirer un peu d'air avant d'être obligée d'haleter.

— Je dirais bien oui, mais ça pourrait faire dérailler mes plans.

Oh bon sang où était passé tout l'air ?

— Et quels sont ces plans ?

— Te faire jouir au moins deux fois avant que je ne te pénètre.

Oh, là, là. L'adrénaline se précipita dans son sang et ses lèvres se séparèrent, mais aucun son n'en sortit. Elle ne savait plus quoi dire et cela n'arrivait pas souvent. S'il la connaissait mieux, il saurait à quel point son silence était surprenant.

Cette pensée s'effaça une seconde plus tard lorsqu'il baissa la fermeture Éclair et fit descendre un peu son pantalon.

Elle eut un aperçu rapide de son érection épaisse et dure comme de la pierre avant qu'il n'attrape son chemisier et commence à le remonter sur son corps.

Alors qu'elle se tortillait sous lui pour l'aider à passer la chemisr au-dessus de sa tête, elle eut une seconde pour réfléchir. *Mince, je suis contente d'avoir mis l'ensemble soutien-gorge et culotte en satin vert ce matin.*

Et si on en jugeait l'expression de Shane il était content aussi.

Puis il se pencha et posa sa bouche sur la rondeur exposée de son sein gauche, en posant des baisers le long du bord en dentelle avant d'ouvrir la bouche sur le satin fin qui recouvrait son mamelon et de le sucer.

Bliss cambra le dos et sa respiration se fit plus rapide, la sensation étant si vive que tous ses muscles se tendirent. Elle tendit la main vers sa tête, glissant ses doigts dans ses cheveux pour l'attirer contre elle. Les mèches douces lui faisaient l'effet de la soie contre ses paumes et elle voulait frotter sa joue contre ses tempes. Ou mieux encore, qu'il chatouille ses seins, son ventre et l'intérieur de ses cuisses avec les mèches les plus longues. Aspirant l'air dont elle avait grand besoin, elle pressa sur sa tête. Shane comprit le message. Il la mordit, lapa le mamelon à travers le tissu, puis souffla une bouffée d'air frais dessus pour le faire froncer.

Il fit ensuite exactement la même chose avec son autre sein et, pendant les minutes qui suivirent, il fit en sorte qu'elle devienne complètement folle.

Avec ses autres amants — du moins les deux après sa rupture avec son ex — c'est elle qui avait le contrôle. Peut-être avait-elle inconsciemment choisi des hommes qui lui permettaient de contrôler la situation.

Peut-être n'était-ce pas si inconscient.

Mais pas avec Shane. Il avait son propre plan, apparemment, et elle était plus qu'heureuse de le suivre.

Sa langue lui titillait le bout des seins, qu'elle n'avait jamais considérés comme si sensibles. Ce soir... ils lui donnaient des sensations, presque douloureuses. Elle se tortilla tellement qu'elle réalisa qu'il avait déplacé ses mains vers ses flancs pour la maintenir au sol.

Elle aimait ça. Oh, bon sang, elle aimait beaucoup ça.

Et quand il commença à l'embrasser sur tout le corps, ses mains se posèrent sur ses épaules. Juste pour s'assurer qu'il ne s'éloignait pas.

Mais Shane avait un but précis en tête.

Ses doigts ne triturèrent pas maladroitement sa jupe, ils firent glisser la fermeture Éclair avec un mouvement si doux qu'elle n'eut qu'une seconde pour se demander s'il avait beaucoup d'entraînement.

Puis il tira sur la jupe et la fit descendre autour de ses chevilles en quelques secondes. Elle ne portait plus que sa culotte et son soutien-gorge. Et un sourire.

Un très grand sourire alors qu'il sortait un préservatif du portefeuille qu'il avait pris dans son pantalon, toujours accroché autour de ses hanches.

— Je vais enlever ça maintenant, dit-il en montrant sa culotte.

Il coinça les doigts de sa main droite dans l'élastique et tira dessus. Elle dut soulever les fesses pour l'aider à l'enlever, ses pieds étant appuyés sur ses cuisses, jusqu'à ce qu'il la fasse passer autour de ses chevilles.

Dès qu'il lâcha la culotte, elle s'empara de son membre. Elle enroula sa main autour et commença à le caresser.

Il ferma les yeux quand elle fit plus rapidement monter et descendre sa main, de la racine jusqu'au gland. Merde, il était épais. Mais pas trapu. Juste assez long pour vous mettre l'eau à la bouche. Parfait.

Un sourire releva ses lèvres quand elle vit sa bouche s'ouvrir et qu'il se pencha en avant, en posant les mains sur les coussins, juste au-dessus de ses épaules. Il rouvrit les yeux et la fixa.

Ses lèvres étaient assez proches pour qu'elle puisse lever la tête et l'embrasser. Et elle voyait bien que c'était ce qu'il attendait.

Au lieu de cela, elle se coucha... et leva les hanches pour frôler le bout de sa bite avec son pubis.

Sa mâchoire se serra, ses yeux se plissèrent jusqu'à ce qu'elle ne puisse plus voir le bleu du tout. Elle aimait la sensation de sa chair chaude contre la sienne, elle aurait pu le taquiner pendant au moins une heure.

Ou pas. Parce que quand il glissa délibérément le bout de sa bite entre les lèvres, son cerveau eut un court-circuit. Elle cambra le dos et chercha à l'enfoncer plus profondément.

Au lieu de cela, il s'écarta et se mit à genoux.

En gémissant, elle attrapa ses hanches, mais il se pencha en arrière, hors de sa portée, et s'assura qu'elle le regardait enrouler le préservatif sur toute sa longueur. Sa concentration intense obligea les poumons de Bliss à lutter pour avoir de l'air. Jamais un autre homme ne lui avait fait autant d'effet. C'était presque trop dur à supporter.

Elle voulait fermer les yeux, reprendre un peu de contrôle, mais elle ne voulait pas rompre le lien entre eux.

Elle vit donc la façon dont son expression se resserra lorsqu'il se pencha à nouveau en avant et frotta le bout de sa bite contre son clitoris. En gémissant, elle attrapa ses avant-bras, les doigts enfoncés dans les muscles tendus au fur et à mesure que l'envie s'intensifiait entre ses jambes.

Ses hanches se soulevèrent pour rejoindre les siennes et il posa ses lèvres sur sa bouche dans un baiser qui embrouilla son cerveau.

Elle le voulait en elle, pour combler ce vide douloureux et la faire jouir.

Mais ce satané mec ne voulait pas bouger.

Non pas que ses baisers ne soient incroyables. Ils l'étaient. Elle avait juste besoin de plus. Faisant glisser ses mains le long de ses bras pendant qu'il s'occupait de sa bouche, elle s'arrêta quelques secondes pour caresser ses épaules avant de descendre le long de son dos.

Sa peau était chaude sous ses paumes, si lisse. Puis elle mit ses mains sur son cul. Seigneur, cet homme avait des muscles partout.

Alors que ses mains descendaient jusqu'à ses cuisses puis remontaient en le taquinant plus près de la raie qui lui fendait les fesses, elle sentit son gémissement gronder dans sa poitrine tandis que ses hanches basculaient vers l'avant.

Oui, c'est ce que je veux.

Les mains sur ses hanches, elle l'attira plus près. Ou essaya de le faire. Le mec était impossible à déplacer.

En gémissant, elle s'éloigna de ses lèvres, levant une main pour l'enfoncer dans ses cheveux. Elle tira, pas assez fort pour lui faire mal, mais assez pour attirer son attention.

C'est du moins ce qu'elle pensait.

Apparemment, quand Shane fut mis sur la bonne voie, il ne faiblit pas.

Au lieu de ça, il se pencha pour poser sa bouche sur son cou. Il y déposa une série de baisers tout du long, jusqu'à sa clavicule, puis il continua jusqu'à son épaule et la mordit.

La morsure la fit haleter et mit le feu à tout son corps, un désir brûlant la dévorant de l'intérieur. Puis elle sentit ses doigts frotter son entrejambe, testant ainsi son degré d'excitation.

Si elle avait été plus prête que ça, elle aurait été vraiment très gênée.

— Oh mon Dieu. Shane.

— J'aime bien t'entendre dire mon nom. Fais-le encore.

— Shane, s'il te plaît.

— Je crois que je veux t'entendre le crier.

Ce qu'elle fit quand il retira sa main. Elle ne cria pas exactement son nom, mais il dut être satisfait car il lui donna exactement ce qu'elle voulait. Ce dont elle avait besoin.

Il remplaça immédiatement sa main par sa bite et se glissa à l'intérieur, rapidement et durement, jusqu'au bout.

Shane se mit à bouger les hanches à une vitesse contrôlée qui vous mettait en appétit pour la suite, même si elle ne pensait pas être capable de supporter plus.

Elle se sentait déjà incapable de s'en détacher.

Parce que Shane la maintenait au bord du gouffre. Chaque fois qu'elle pensait qu'elle allait jouir, il ajustait son rythme ou l'angle pour la laisser au bord de l'orgasme.

Il avait abaissé son corps jusqu'à ce qu'ils soient pressés l'un contre l'autre, mais sa grande taille impliquait que le visage de Bliss soit pressé contre son épaule et qu'il doive se tenir sur un coude pour qu'elle n'étouffe pas.

Elle ne s'en serait même pas rendu compte et en fait, elle était déjà trop loin pour s'en soucier.

Elle jouit en gémissant et en frissonnant et enfonça les dents dans son pec alors qu'il continuait à donner d'inlassables coups de reins.

Ce n'est qu'une fois qu'elle devint toute molle sous lui qu'il poussa une dernière fois avant de rester immobile et de laisser sa queue pulser en elle.

Quelques minutes plus tard, toujours haletant, il l'enveloppa de ses bras.

« La prochaine fois, c'est toi qui seras au-dessus. »

La prochaine fois ? Oh mon Dieu, faites que ce soit bientôt.

Il tint parole.

CHAPITRE QUATRE

Shane se réveilla le lendemain matin...

Non, attendez.

Il ouvrit les yeux et regarda le réveil. Il était presque une heure de l'après-midi.

Merde, comment avait-il pu dormir si tard ?

Non mais quel con. Quelques verres et environ cinq heures du meilleur coup de toute ta putain de vie, voilà pourquoi.

Heureusement, il n'avait pas la gueule de bois, ce qui était assez incroyable, parce qu'il était un petit joueur en matière d'alcool.

Mais, bon sang, il était rincé. S'il le pouvait, il se rendormirait, mais maintenant qu'il était réveillé, il savait que cela n'arriverait pas.

Pourquoi n'était-elle pas restée ?

Il s'assit en gémissant, jetant un coup d'œil sur l'espace vide à côté de lui. L'oreiller qu'elle avait utilisé portait encore un creux. Elle était partie quelque temps après le dernier tour, quand elle était montée sur lui et lui avait fait voir des étoiles. C'était après les deux fois où il l'avait faite jouir.

Alors pourquoi diable n'était-elle pas restée pour le petit déjeuner ?

Il fit glisser ses jambes sur le côté du lit, passa une main dans ses cheveux, enfila son caleçon, ajusta son érection matinale par habitude pour qu'elle ne sorte pas de la braguette et se dirigea vers la salle de bain de l'autre côté du couloir avant de descendre vers la cuisine à la recherche d'un truc à manger. Il était affamé, putain.

Et il aurait bien aimé aussi manger autre chose que des bagels et du beurre de cacahuètes, deux poires et un demi-litre de lait au chocolat. Qu'est-ce qu'il ne donnerait pas pour glisser sur son corps et mettre sa bouche sur son...

Sa queue palpita.

Merde.

En soupirant, il porta la bouteille de lait au chocolat directement à ses lèvres, et sentit pratiquement la main de sa mère le frapper à l'arrière de la tête.

Pourquoi diable s'était-elle échappée en douce ?

Elle n'avait pas l'air du genre à baiser et à se barrer, pourtant. Mais en fait, il ne la connaissait pas. Genre... pas du tout.

Hé, mec. Il pouvait pratiquement entendre la voix de CJ dans sa tête. *Tu l'as baisée. Et elle t'a évité de te débarrasser d'elle ce matin... c'est quoi le problème ?*

Le problème, c'était qu'il n'était pas le genre de connard à lui donner une claque sur la fesse, la remercier pour la super baise et à lui appeler un taxi.

Non, il lui aurait préparé son petit-déjeuner ou au moins l'aurait emmenée le prendre dans un café avant de lui dire : « Je peux avoir ton numéro ? J'aimerais bien qu'on se revoie ».

Parce que, oui, il voulait vraiment la revoir.

Qui ne voudrait pas la revoir ? Elle avait bouleversé sa putain de vie la nuit dernière. Bien sûr qu'il voulait le refaire. Encore et encore.

Peut-être qu'elle ne veut pas te revoir, elle.

C'était une possibilité très réelle.

Bliss avait les pieds sur terre, une vie et une carrière.

Peut-être qu'elle ne voulait pas s'engager avec un type qui déménageait tous les six mois environ pour une nouvelle équipe qui aurait besoin d'un gardien de but ce jour-là. Ce passage chez les Redtails avait été le plus long de sa carrière, mais avant cela, il avait joué avec des équipes de l'Ohio, de la Californie et du Massachusetts. Il s'était en fait autorisé à croire qu'il avait peut-être enfin trouvé un créneau où il pourrait faire ses preuves. Et c'est ce qu'il avait fait. Jusqu'à ce qu'il se retrouve dans ce marasme...

Son téléphone portable sonna et il l'attrapa, espérant...

Non.

Merde.

— Salut, Cary. Il se força à avoir l'air normal, et échoua probablement lamentablement. Qu'est-ce qui t'amène ?

Une légère pause.

— Je me demandais juste si tu étais prêt à faire un peu d'exercice aujourd'hui.

Il avait envie de gémir. Il voulait ramper jusqu'au lit et passer quelques heures de plus à se vautrer. Ce qui était stupide.

— Oui, bien sûr. Ce serait génial.

Cary pouffa.

— Tu m'a l'air sacrément partant... La nuit a été courte ?

— Euh...

Qu'est-ce qu'il pouvait répondre à ça ?

Cary se mit franchement à rire.

— Et si on oubliait que j'ai posé cette question et que tu me retrouves dans une heure sur la glace ? Ensuite, tu pourras tout me raconter.

Un sourire souleva les lèvres de Shane.

— Tu te prends pour qui, maintenant ? Mon prêtre ?

Cary ricana.

— Pire. Je suis ton putain de capitaine. Ramène ton cul à la patinoire.

Quarante-cinq minutes et une douche plus tard, Shane se gara à côté du fourgon de Cary dans le parking et s'avança jusqu'à la porte où celui-ci l'attendait.

Le mec lui faisait une de ses sourires à la con qui donnait envie à Shane de le frapper.

« On dirait que tu peux marcher, mais est-ce que tu peux patiner ? »

Shane fit un doigt d'honneur à Cary alors qu'il passait à côté de lui en direction du sous-sol de la patinoire et des vestiaires. Il y avait assez de lumière pour voir où il allait, mais il avait passé assez de temps ici pour pouvoir faire le chemin les yeux bandés.

— Toujours plus vite que toi, mon vieux. Et qui t'a donné une clé de la patinoire ? Je n'arrive pas à croire que la direction nous laisse utiliser la glace tout seuls.

— J'ai demandé un traitement de faveur. En plus, c'est pas si grave que ça. Il y a ce spectacle sur glace qui arrive demain et ils vont utiliser la glace pour s'entraîner. Donc pas de problème.

— Cool.

Ils parcoururent les derniers mètres jusqu'au vestiaire en silence. Shane s'attendait à ce que Cary l'interroge davantage à propos de la nuit dernière, mais étonnamment, il n'en dit pas un mot. Quand Shane s'avança sur la glace pour s'échauffer alors que Cary était encore dans les vestiaires en train de se préparer, il sentit ses muscles se détendre alors qu'il faisait quelques tours en longeant la balustrade.

Yes !

Il inspira profondément l'air froid qui s'élevait de la glace. La simple sensation de la surface lisse sous ses lames et le bruit qu'elles faisaient en faisant le tour de la patinoire suffirent à faire chuter sa tension artérielle. C'était toujours comme ça. Il posait les pieds sur la glace et il se sentait chez lui.

Avoir la patinoire pour soi, même pour ces quelques secondes, c'était comme être dans son propre paradis privé.

Sa mère s'était toujours plainte que l'enfer n'était pas chaud. L'enfer était froid.

Shane n'avait pas d'opinion à ce sujet, mais il savait que le froid l'aidait à ressentir les choses plus intensément et à voir les choses plus clairement.

— Alors, tu as passé un bon moment hier soir ? Au dîner.

Cary suivit le même rythme que Shane, mais ce dernier regardait droit devant lui.

— Oui, la bouffe était excellente. Merci encore de m'avoir invité. J'ai vraiment apprécié le repas fait maison.

— Tu es parti avec Bliss.

— Ouais.

Pas question d'en rajouter. Cary était un ami, mais Bliss était amie avec Lori. Shane n'avait pas l'intention de parler derrière son dos. Pas question. Et il ne pouvait pas se résoudre à soutirer des informations sur elle auprès de Cary.

En plus, il ne racontait pas ses parties de jambes en l'air comme certains membres de l'équipe. Quelques-uns des gars étaient pires que des lycéens le lendemain d'un rencard, débitant des conneries que Shane ne voulait pas entendre. Du moins, sans pouvoir regarder dans les yeux la fille en question le lendemain.

— Tout... va bien ?

Shane jeta un coup d'œil à son coéquipier. Cary avait l'air préoccupé par quelque chose.

— Ouais. Il fronça les sourcils. Attends, pourquoi ? Est-ce que Bliss...

— Nan. Cary leva sa main en l'air. Ce n'est pas pour ça que

je demande. Lori n'a pas eu de nouvelles d'elle. Je suis juste... un peu inquiet pour toi.

Bon, cette conversation était en train de dérailler.

— Mais quoi bon sang ?

Cary haussa les épaules.

— Laisse tomber. Alors, tu es prêt à bosser ?

Comme il ne voulait pas parler de ce qui s'était passé, du moins pas encore, Shane prit son casque et sa crosse sur le banc et se dirigea vers le but.

Pendant la demi-heure qui suivit, Cary et lui effectuèrent une série d'exercices destinés à améliorer son acuité.

Cary était un défenseur offensif d'enfer, il avait l'habitude de marquer des buts et il en marqua quelques-uns contre Shane dès le début ce qui énerva celui-ci.

Cary patina depuis la ligne de but, où il avait marqué son dernier point.

— Tu laisses une lucarne ouverte à gauche à chaque fois. Il faut que tu lèves ce gant.

Shane balançait sa crosse d'un côté à l'autre, dégageant la glace de la zone de buts.

— Je sais. La frustration rendait sa voix plus aigüe. Ça a toujours été un de mes points faibles.

— Bon, alors on travaillera ça jusqu'à ce que ce ne soit plus le cas. Mais il faut que tu reprogrammes ton cerveau pour ne pas penser constamment que c'est une faiblesse.

Pendant encore vingt minutes, ils travaillèrent que sur ça jusqu'à ce que Shane comprenne qu'il allait devoir mettre de la glace sur son épaule droite pour le reste de la semaine. *Merde !*

Mais le temps qu'ils se dirigent vers les douches, Shane se dit qu'il pourrait avoir un meilleur contrôle sur ce foutu coin.

— Hé, merci, mec. J'apprécie vraiment que tu aies passé du temps là-dessus.

Shane était déjà habillé tandis que Cary enfilait son jean. Il était prêt à partir mais ne pouvait pas se résoudre à quitter le banc et à se diriger vers la porte.

Il avait réussi à ne pas laisser entrer Bliss dans sa tête pendant l'heure passée sur la glace avec Cary, mais maintenant...

Merde, maintenant il devait se mordre la langue pour ne pas poser de questions sur elle.

— Bon, Shane. Cary leva finalement la tête, un sourire ironique aux lèvres. Accouche ! Tu devrais savoir maintenant que rien de ce que tu me dis ne sort d'ici.

Il le savait. C'était en partie pour cela que Cary avait la confiance de tous les gars de l'équipe.

Mais bon sang, il détestait passer pour un con après cette conversation. Il avait dû faire quelque chose de mal pour qu'elle se barre au milieu de la nuit.

Mais comme il ne savait même pas comment la contacter et qu'il ne voulait pas attirer l'attention sur lui en entrant dans le magasin où elle travaillait...

— Est-ce que tu peux me donner le numéro de Bliss ? Elle ne me l'a pas donné hier soir et j'aimerais l'appeler.

OK, ça ne faisait pas trop harcèlement flippant comme question. Enfin, il espérait.

— Je pensais que tu étais parti avec elle.

Shane se força à soutenir le regard fixe de Cary.

— Oui. Mais elle est partie avant que je puisse lui demander.

Les sourcils de Cary se soulevèrent légèrement.

— Il y a une raison ?

Son dos se crispa.

— Non. Je pense que... non.

Maintenant Cary hochait la tête.

— Je le savais, Shane. Il fallait juste que je te demande. Et oui, je peux t'avoir son numéro. Laisse-moi envoyer un SMS à

Lori.

Il se mordit presque la langue pour essayer de ne pas poser la question suivante. Mais finalement, il ne put s'en empêcher.

— Et donc, tu sais si elle sort avec quelqu'un ?

— Tu crois qu'elle serait partie avec toi si c'était le cas ?

Merde.

— Non. Enfin, c'est juste que... Bon Dieu, qu'est-ce qu'il pouvait dire qui ne le ferait pas passer encore plus pour un connard ? Il soupira. Tu sais quoi ? Laisse tomber. Elle est partie pendant que je dormais, elle ne m'a pas laissé de numéro. Si elle veut me voir, je suppose qu'elle sait comment me trouver.

Cary se mit à rire.

— Putain mec, comment tu fais pour être aussi bête ? Il sortit son téléphone et commença à envoyer des SMS. Accroche-toi bien. Je vais te donner le numéro. Ensuite, tu dois l'appeler. Et... Shane ?

— Ouais ?

Maintenant, Cary avait l'air sérieux comme pas possible.

— On s'approche de la ligne droite de la saison. Ne laisse rien t'empêcher de te concentrer.

Merde.

— Tu penses que je ne devrais pas l'appeler ?

Le sourire de mange-merde de Cary fit son retour.

— Je pense que tu serais idiot de ne pas le faire. Et tu n'es pas idiot.

— Je n'arrive pas à croire que tu ne lui aies pas laissé ton numéro de téléphone ! Mais à quoi tu pensais ?

Bliss gémit entre deux gorgées du café trop chaud qu'elle devait absorber si elle voulait être bonne à quelque chose aujourd'hui.

— Je ne pensais pas. Tu te souviens ? Je prenais trop mon pied. Mon cerveau était coincé entre « Oh mon Dieu, je ne vais jamais pouvoir dormir cette nuit et je ne serai utile à rien demain » et « Oh mon Dieu, je veux rester toute la nuit à lui lécher les pectoraux ». Enfin tu vois quoi, mon cerveau ne fonctionnait pas exactement comme il faut. Pas après qu'il... »

— Non ! Faith Donovan retira une main du bras de son fauteuil roulant et la leva en l'air. Je ne veux plus rien entendre. La première fois m'a largement suffi.

En grimaçant, Bliss fit bouffer le jupon de la robe de mariée de Faith accrochée au portant en attendant le grand jour, qui se trouvait être le lendemain.

Un mariage la veille de Noël. Rien que d'y penser, Bliss avait les larmes aux yeux. Dommage que le marié...

Non, arrête de penser ça.

— Désolée, désolée. Mais maintenant, je ne sais plus quoi faire. Est-ce que dois demander son numéro à Lori ? Tu vois, je me suis faufilée hors de son appartement comme si j'étais gênée d'être là. Il doit penser que je suis une salope. Ou pire, il s'en fout et il était content que je sois partie et qu'il n'ait pas à subir les conneries du lendemain matin.

— D'après ce que tu me disais sur lui, ça n'a pas l'air son genre. Mais je ne l'ai jamais rencontré alors... Faith haussa les épaules et sirota son café.

— Je sais. *Pff.* Peut-être que je devrais juste l'oublier. Je veux dire, la nuit dernière c'était incroyable mais je sais par Lori que ces gars sont toujours en train de déménager. Les bons ne restent presque jamais plus de quelques mois au même endroit. Et d'après ce que j'ai entendu dire, Shane est assez bon pour décrocher une place en LNH. Il ne restera pas ici bien longtemps.

Faith leva les sourcils.

— On dirait que tu as fait des recherches en ligne.

Bliss prit le voile de Faith sur la chaise en soupirant et l'accrocha sur l'étagère avec sa robe.

— Peut-être un peu. Juste pour me faire déprimer encore plus. Bliss se laissa tomber dans le siège en face de Faith. Bon, j'arrête. Alors, tout est prêt pour demain soir ?

Faith rigola, mais Bliss jura avoir perçu une petite tension qui n'était pas là auparavant.

— Tu as rencontré ma mère, donc tu connais la réponse.

Bliss avait rencontré la mère de Faith, Shelly, en même temps qu'elle avait rencontré Faith. Il y a un an, juste après que Faith se soit retrouvée en fauteuil. Le magasin de Bliss était le troisième que Faith et Shelly avaient visité. Faith était au bord des larmes mais ne voulait pas abandonner sa quête de la robe parfaite. Shelly était prête à étrangler la personne suivante qui traiterait Faith comme une invalide.

Bliss leur avait serré la main, demandé à Faith sa taille, et avait commencé à sortir des robes, sans jamais mentionner qu'elles pouvaient être modifiées pour tenir compte de son « état ».

Faith avait souri et Shelly avait éclaté en sanglots. Et Bliss s'était fait une nouvelle amie qui ne se laissait pas définir par son handicap. Quelque chose que Bliss connaissait bien.

— Donc tout a été vérifié au moins cinq fois.

— Voilà. Encore cette même expression sur le visage de Faith. C'est juste que je...

Bliss posa sa tasse de café sur la table et se pencha en avant, inquiète.

— Juste quoi ?

Faith sourit en secouant la tête.

— J'ai la frousse, c'est nul. Tu sais quoi, je pense que je veux en savoir plus sur ce mec génial que tu as rencontré hier soir.

Comme Faith se mariait le lendemain, Bliss décida de ne pas trop insister. Chaque mariée avait le trac avant son mariage.

Ça faisait partie du jeu.

— Il n'y a vraiment rien d'autre à dire. Sauf que je pense que j'ai fait une erreur vraiment stupide en ne laissant pas mon numéro.

— Ce n'est pas comme si tu ne savais pas comment obtenir le sien.

Bliss roula des yeux.

— Pour avoir l'air pathétique ? Non merci, et si jamais il ne veut vraiment plus entendre parler de moi, alors j'aurai l'air collante.

Faith fit la moue.

— Ouais, j'ai compris. Mais quand même, si tu veux revoir le gars, et je pense que tu le veux, alors prends son numéro. On ne sait jamais, ça pourrait être l'homme de ta vie.

Il y avait de nouveau ce ton dans la voix de Faith, et elle ne pouvait pas l'ignorer cette fois-ci.

— Hé ! Elle se pencha et saisit la main de son amie. Qu'est-ce qu'il se passe ? Enfin, à part le fait que tu te maries demain ?

Faith ne répondit tout de suite et ne voulut pas croiser le regard de Bliss pendant plusieurs secondes. Lorsqu'elle répondit enfin, Bliss sut que son amie avait plus que le trac.

— J'ai peur que Jimmy ne veuille plus se marier.

Bliss ne dit rien... principalement parce qu'elle n'était pas sûre que le fiancé de Faith la mérite.

Elle n'avait rencontré Jimmy Collins qu'à de rares occasions, mais elle n'avait pas été impressionnée. Oui, il était resté fidèle à Faith après l'accident qui l'avait mise en fauteuil. La colonne vertébrale de Faith avait été gravement endommagée, au point que les médecins lui avaient dit qu'elle ne remarcherait plus jamais.

Mais entre la volonté de Faith et la détermination de Shelly, Faith s'était battue comme une diablesse pendant les séances de kiné, avec pour objectif de pouvoir marcher jusqu'à l'autel à son mariage.

Bliss ne doutait pas que Faith y parviendrait. Mais elle n'était pas sûre que Jimmy vaille cet effort de sa part. Faith avait besoin de marcher à nouveau pour elle-même. Et pas parce qu'elle pensait que son fiancé se sentirait mieux si elle y arrivait.

Et peut-être que Bliss était une vraie conne de juger un homme qu'elle ne connaissait pas vraiment. Mais encore une fois...

Non. Elle était sacrément douée pour percevoir les gens. Et Jimmy Collins ne méritait pas cette femme. Pas du tout. Mais Bliss n'aurait jamais dit ça à Faith.

— Pourquoi tu penses ça ?

Faith fit une grimace ironique.

— Parce que je suis une idiote.

Faith semblait vouloir que Bliss soit d'accord, mais celle-ci ne pouvait pas se résoudre à mentir, pas même pour rassurer son amie, la veille de son mariage. Il était encore temps pour Faith de tout annuler. Mais il fallait que ce soit sa propre décision et non quelque chose que Bliss préconise d'une quelconque manière.

— Tu es l'une des personnes les plus intelligentes que je connaisse. En fait, Faith était *la* personne la plus intelligente que Bliss connaisse. Elle gagnait sa vie en concevant des fusées, bon sang.

— Eh bien, je ne me sens pas intelligente pour le moment. Je pense que j'ai été vraiment, vraiment stupide. Ou peut-être juste aveugle. Il a été si distant ces derniers temps et je pense... elle prit une profonde inspiration, je pense qu'il essaye de me dire qu'il ne veut pas se marier mais ne sait pas comment le dire. Et j'ai peur...

La tête de Faith donna envie à Bliss d'aller casser le nez parfait de Jimmy. Le mec s'en était sorti avec à peine une égratignure. Il avait roulé trop vite sous la pluie et il était sorti de la route dans un virage serré. Et puis il avait été aussi question de quelques verres au dîner...

OK, il était resté avec Faith pendant son long rétablissement. Mais il y avait juste quelque chose chez ce type qui donnait envie à Bliss de le griffer chaque fois qu'il s'approchait d'elle.

— De quoi as-tu peur ?

Faith serra ses doigts autour des siens.

— De faire une horrible erreur.

Bliss se mordit pratiquement la langue pour ne pas dire ce qu'elle pensait.

— Pourquoi tu penses ça ?

— Il a été... mutique, elle fit une pause, et méprisant.

Salaud ! Bliss couperait volontiers les couilles de Jimmy avec un couteau émoussée.

— Tu lui en as parlé ?

Faith acquiesça lentement.

— Il dit que tout va bien. Et c'est le cas, pendant un petit moment. Et puis ça recommence. Je ne sais plus quoi penser.

Bliss savait exactement ce qu'il fallait penser. Elle ne pouvait pas se résoudre à le dire à son amie. Peut-être que son aversion personnelle pour Jimmy influençait son jugement. Peut-être qu'il avait juste un peu la frousse et que tout irait bien.

Ou pas...

Bliss avait fait plus d'une erreur ces dernières heures, notamment en se barrant de l'appartement de Shane le matin. Elle ne voulait pas en faire une de plus maintenant, et pas des moindres.

— Je pense que tu devrais lui parler. Dis-lui exactement ce que tu viens de me dire et vois ce qu'il dit.

Peut-être que ce bâtard aurait un peu les couilles de faire ce qu'il fallait pour cette personne incroyable qu'était Faith.

Et peut-être, peut-être qu'il ferait tout foirer avec elle. Et alors Bliss irait chercher ce couteau avec grand plaisir.

Faith souleva les lèvres en un sourire complètement faux qui brisa le cœur de Bliss, et elle lui serra les doigts.

— Je suis sûre que je suis juste paranoïaque. Et je suppose que je devrais essayer ma robe une dernière fois.

C'était pour cela que Faith était là aujourd'hui. Son dernier essayage. Demain, Bliss l'aiderait à s'habiller avant l'église puis assisterait au mariage et à la réception en tant qu'amie.

« Et en parlant de demain, tu as décidé d'amener quelqu'un au mariage ? »

Bliss savait que Faith venait de clore l'autre sujet de leur conversation. Et vraiment, qu'y avait-il d'autre à dire ?

— Je t'ai dit de ne pas laisser cette place vacante. Je n'ai simplement personne dans ma vie en ce moment.

Immédiatement, les images de la nuit dernière lui revinrent à l'esprit. Shane, nu et appuyé sur ses bras costauds au-dessus d'elle, ses hanches battant contre les siennes, sa bouche sur ses seins.

Merde. Si elle ne faisait pas attention, elle aurait une bouffée de chaleur et devrait changer de culotte.

— Han, han... Le ton de Faith comportait certainement une pointe d'ironie. Au moins Bliss avait réussi à détendre l'atmosphère. Même si c'était à ses dépens. Je pense que tu aimerais peut-être qu'il y ait quelqu'un.

Non, ne t'engage pas sur cette voie.

— Très bien, madame. Voyons...

Son portable sonna et son cœur se mit à battre un peu plus fort.

Idiote.

Elle le prit et vit un numéro inconnu s'afficher. Mais ça ne voulait rien dire. Elle utilisait ce numéro pour le travail aussi et elle recevait tout le temps des appels de fournisseurs.

Elle fit glisser l'appel sur la boîte vocale et elle recentra toute son attention sur Faith. Là où elle devait être. Et pas sur un coup d'un soir qui n'aboutirait nulle part.

L'appel de Shane alla directement sur la messagerie vocale et il était prêt à raccrocher lorsqu'il entendit sa voix.

— Bonjour. Vous êtes bien chez *With This Ring*. Nous ne pouvons pas vous répondre pour le moment mais nous voulons vous aider à trouver la robe parfaite. Laissez-nous un message et nous vous rappellerons.

Et bam, le voilà qui bandait encore.

Alors, oui, il attendit la fin du message en essayant de trouver ce qu'il devait dire.

— Euh, salut, Bliss. C'est Shane... de la nuit dernière — Bon sang, on aurait dit un putain d'adolescent. J'aimerais te revoir. Je suis libre ce soir ou demain soir. Oh attends, demain c'est la veille de Noël. Tu es sûrement occupée. On a un match le lendemain de Noël, mais après je dois partir quelques jours. Une virée en voiture — Ce dont elle ne se souciait probablement pas. Bref, appelle-moi. Si tu veux. J'ai passé un super moment hier soir.

Il raccrocha avant d'avoir l'air encore plus idiot.

Et maintenant ?

En soupirant, agacé, il s'éloigna de la table de la salle à manger et essaya de penser à autre chose à faire de sa journée que de rester seul devant un écran.

Seuls quelques gars de son équipe étaient encore dans le coin, y compris les Russes. En fait, seul Vladislav Marchenko était russe. Jakub Mozik était tchèque et il était super énervé si on le traitait de russe. Alors, bien sûr, ils le faisaient tous...

Ils occupaient les positions défensives de première ligne et étaient quasiment inséparables. Ils avaient été recrutés par la filiale LNH des Redtails, les Colonials de Philadelphie, à dix-huit ans et envoyés à la filiale ECHL des Colonials avant d'être appelés par les Redtails la saison précédente.

Ces deux-là joueraient probablement à des jeux vidéo toute la journée, commanderaient des pizzas et s'endormiraient avec quelques bouteilles de vodka dans le nez. Ils avaient la capacité de faire rouler sous la table des hommes de deux fois leur âge et leur taille.

Ce n'était pas exactement comme ça que Shane voulait passer la journée.

Non, il voulait passer la journée avec Bliss.

Il se dit en soupirant qu'il pourrait au moins faire quelque chose d'utile. Comme la lessive qui s'accumulait dans sa chambre. Il n'avait pas approché la machine à laver depuis deux semaines. Autant en finir avec ça.

Il était donc au sous-sol, où la réception était totalement merdique, quand son téléphone sonna.

Il ne reconnut pas le numéro au premier coup d'œil, mais son cerveau se mit en marche et il sourit.

— Salut, Bliss. Je suis content que tu m'aies rappelé.

— Salut, Sha... comment vas-tu... j'espérais... je sais que c'est... mais...

Merde. La ligne était pourrie. Il courut vers les escaliers.

Il arriva au premier étage à temps pour l'entendre dire :

« Shane ? Est-ce que tu... »

— Je suis là. Il dut reprendre son souffle parce qu'il avait monté les escaliers quatre à quatre. Du moins, c'est ce qu'il se dit. Désolé. La réception est mauvaise au sous-sol.

Elle rit et sa bite tressauta.

— C'est là que tu stockes les corps ?

— Seulement ceux qui n'entrent pas dans les cloisons.

Elle se tut et il s'en mordit la langue. Seigneur quel idiot...

Puis elle éclata de rire et...

Génial, elle comprenait son sens de l'humour sarcastique et ne l'avait pas pris pour un tueur en série.

Encore plus étonnant ? Il ne se sentait pas complètement con.

— Booon, elle fit traîner le mot pendant plusieurs secondes, faisant battre son cœur plus vite par anticipation. Je me demandais ce que tu faisais demain soir ?

— Rien du tout.

S'il vous plaît, mon Dieu, faites que ce soit ce qu'elle voulait entendre. Ou bien est-ce que ça faisait trop nul ? Ah oui, merde. C'était la veille de Noël. Il avait oublié.

Un léger rire lui parvint et il espérait vraiment qu'elle ne riait pas de son absence pathétique de vie sociale.

— En fait, moi j'ai quelque chose et... je me demandais si tu n'avais rien à faire, si tu voudrais venir avec moi.

Son ton interrogatif aurait dû lui servir d'avertissement, mais il savait qu'il ferait tout ce qu'elle lui demanderait, juste pour passer du temps avec elle. Cela le rendait-il bizarre ou pathétique ? Ou les deux ?

Puis elle continua. « Une amie se marie demain soir et je me suis dit que peut-être tu pourrais être mon cavalier ? »

Son cerveau eut un court-circuit pendant une seconde.

— Tu as dit mariage ?

Son rire fut cette fois plus doux et plus mignon et ses muscles se contractèrent.

— Ouais. Je t'ai dit que je travaillais dans un magasin de robes de mariées, non ? Eh bien, une de mes clientes se marie et elle m'a invitée.

Elle voulait qu'il l'accompagne à un mariage ? Comme cavalier ?

Son cerveau se mit en branle, rejetant les signaux de danger. *Emmène une fille à un mariage et ça va lui donner des idées.*

Ce qui était des conneries.

Mec, tu n'es pas une si bonne prise. Sérieux, ressaisis-toi.

— Euh, ouais.

Quelque part en Nouvelle-Écosse, son colocataire CJ secouait la tête et il n'avait aucune idée de pourquoi.

— Enfin, elle se mit à parler à toute vitesse, si tu as quelque chose d'autre, je comprendrais tout à fait...

— Non, non. Je n'ai rien à faire. J'aimerais... j'aimerais y aller avec toi.

Une autre pause et puis,

— OK, super. C'est... bien.

Il jura qu'il percevait maintenant un sourire dans sa voix et cela le fit sourire aussi.

— C'est un truc habillé, donc, n'est-ce pas ? Costume et cravate ?

— Ouais. Oh, c'est un problème ?

— Non. On doit s'habiller pour après les matches. Sauf si j'ai besoin d'un smoking. Alors là, tu n'as pas de chance.

— Non, pas besoin de smoking.

— Alors c'est bon. À quelle heure dois-je venir te chercher ?

— Je dois être là-bas assez tôt pour aider la mariée avec sa robe.

— Pas de problème. Je n'ai rien à faire et je n'ai nulle part où aller.

— Bon, alors, tu peux venir me chercher à 16h30 ? Je t'enverrai l'adresse par SMS. Le mariage est à 18h. Je lui ai dit que je serais à l'église à 17h mais je veux y être en avance.

— Super. À demain, alors.

— Merci, Shane. J'ai hâte d'y être.

Lorsqu'ils raccrochèrent, il prit une grande inspiration et ne put s'empêcher de sourire.

Bliss raccrocha en souriant.

C'était soit la chose la plus stupide qu'elle ait jamais faite, soit la plus courageuse. On verrait bien demain soir.

Tu n'es pas celle qui avait dit qu'elle ne voulait pas s'engager avec quiconque ? Que tu cherchais juste un coup d'un soir ?

C'était bien elle. Mais...il y avait quelque chose chez Shane, quelque chose dans cette façon d'être silencieux sans être renfermé. Et comment son humour était un peu maladroit, un peu sarcastique et parfois tout simplement bizarre.

De la même façon que tout ça, juste après une nuit avec lui, était bizarre. Et un peu effrayant. Et un peu excitant.

Elle ne fut donc pas surprise par les palpitations de son cœur, les papillons dans son estomac, ou les pulsations entre ses cuisses, car, bon sang, le mec avait été incroyable au lit.

Le genre de gars dont une fille pourrait tomber amoureuse et qui pourrait lui briser le cœur.

Elle soupira et essaya de faire entrer un peu de bon sens dans sa tête.

— Tu t'emballes ma fille. Ce n'est que du sexe.

Du sexe vraiment génial. Et un mec apparemment génial.

Trop beau pour être vrai.

Ne l'étaient-ils pas tous ?

Elle l'avait découvert cruellement quand elle avait trouvé l'homme qu'elle pensait être le bon pour toujours, au lit avec une autre femme.

Oh bien sûr, Rich avait juré sur tous les diables qu'il ne s'était rien passé entre lui et son ex-petite amie écroulée sur son lit. Il avait juré qu'il ne l'avait autorisée à dormir là que parce qu'il ne voulait pas qu'elle rentre chez elle dans son état.

Bliss avait voulu le croire. Elle n'avait pas pu. Elle ne pouvait pas se résoudre à lui faire confiance. Elle ne pouvait pas s'empêcher de se sentir comme une idiote. Apparemment, elle avait eu raison, car quand elle s'était débarrassée de lui, il avait immédiatement recommencé à sortir avec son ex.

Voilà pour la confiance.

Non, Shane serait une super diversion jusqu'à ce que ça se termine. Et ça se terminerait. Et quand il passerait à autre chose... sans rancune. Mais en attendant, elle apprécierait le sexe torride avec lui.

— Liss ! Hé, Liss. Devine quoi ?

Bliss sursauta lorsque sa porte s'ouvrit en claquant, mais elle sourit lorsqu'elle vit son frère aîné, Mike, dans son salon.

— Hé, Mike. On a déjà dit qu'il fallait frapper, tu te souviens ? Tu es censé frapper avant d'entrer dans mon appartement. Ou celui de quelqu'un d'autre.

Le doux visage de Mike se transforma en grimace, et Bliss dut se mordre la langue pour retenir les mots qui voulaient s'échapper.

Mais elle savait que si elle disait : « Bon, c'est pas grave », cela n'aiderait pas Mike. Le thérapeute avait été très clair à ce sujet. Il avait souligné, lorsqu'elle et ses parents lui avaient parlé pour la première fois de l'emménagement de Mike dans son propre appartement, qu'ils devaient le traiter exactement comme une personne qui n'avait pas son handicap.

Mike devait être responsabilisé, avait dit le Dr Farouk.

— Bon sang. Je suis désolé, Liss. Mike pencha la tête, ses cheveux roux plus clairs que les siens et tombants sur son front. Je m'en souviendrai pour la prochaine fois. Je te le promets.

Maintenant, elle souriait.

— J'en suis sûre, mon pote. Maintenant, qu'est-ce qui est si important pour que tu oublies tes bonnes manières ?

Et aussi vite, son sourire revint. Ses parents juraient que Mike l'avait regardée une fois à sa naissance et qu'il n'avait pas cessé de sourire depuis. Et elle n'avait jamais connu de moments où son frère ne faisait pas partie de sa vie.

— Mon patron m'a dit que je vais avoir une augmentation !

La joie contagieuse de son frère rendait toujours la vie un peu plus radieuse.

Elle ouvrit grand les bras et serra Mike très fort en disant "Allez vous faire foutre" dans sa tête aux soi-disant amis qui lui avaient dit qu'elle était folle d'accepter que son frère "handicapé" s'installe à côté d'elle. Mike n'était pas handicapé. Il avait des capacités différentes. Dans son esprit, la distinction était énorme.

— C'est génial ! Je suis si heureuse pour toi.

Mike s'écarta, mais pas avant de lui faire une bise sur la joue.

Alors qu'il lui racontait sa journée à l'épicerie où il travaillait, elle se laissa prendre par sa joie. Depuis qu'il avait emménagé dans l'appartement voisin, elle l'avait vu clairement gagner en confiance.

Ses parents n'avaient jamais essayé de le retenir, mais même eux s'étaient inquiétés pour son projet d'emménager seul. Mais lorsque son ancien voisin lui avait dit qu'il devait sous-louer son appartement immédiatement parce qu'il avait trouvé un nouveau travail dans un autre État, elle est allée directement les voir pour en parler avec Mike.

Elle savait que ça se passerait bien pour lui. Elle avait dû convaincre ses parents, mais finalement, Mike avait emménagé à côté d'elle et elle n'avait jamais regretté cette décision.

Son ex n'avait jamais compris pourquoi elle voulait s'enchaîner à son frère, « avec tous ses problèmes ».

Bliss savait que cela aurait dû être une question à se poser sur Rich à l'époque.

Elle avait retenu sa leçon. Elle ne ferait pas deux fois la même erreur. On ne savait jamais qui allait devenir un connard.

Elle espérait vraiment que Shane s'avérerait être le mec bien qu'il semblait être.

CHAPITRE CINQ

— J'y crois pas. Tu vas à un mariage avec une fille que tu viens de rencontrer ? Tu es fou ou juste idiot ?

Shane montra sa dextérité en faisant un doigt d'honneur à Lad sans lâcher son joystick ni faire tuer son perso.

— Laisse le tranquille. Jake cogna sa manette contre celle de Shane, en signe de solidarité, alors qu'ils étaient assis par terre, dos au canapé. Il a manifestement pris trop de coups sur la tête. Il s'est embrouillé le cerveau.

En appuyant sur un bouton, Shane tua le personnage de Jake.

— Ouais, va te faire foutre aussi, Jake.

Tout en déversant des flots de tchèque qui mettait probablement en cause les parents de Shane, Jake jeta son joystick à Lad par-dessus son épaule. Jake était sûr que Lad l'attraperait. Les gars étaient plus synchronisés qu'un vieux couple marié. Cela faisait d'eux une excellente équipe défensive sur la glace.

— Donc je suppose que vous avez baisé comme des dingues. Joey Constantino s'assit sur le canapé à côté de Lad. Sinon, pourquoi te taper un mariage, surtout si tu n'y connais personne ?

Shane donna un coup de coude dans la cuisse de Joey, assez fort pour que le gars grimace.

— Je n'ai rien dit sur le sexe. Et... c'est quoi ce bordel, mec ? Je pensais que tu étais de mon côté.

Joey sourit alors qu'il faisait patiner son perso. L'avant-centre partit à une vitesse folle qui contredisait totalement sa personnalité décontractée.

— Je suis de ton côté, pas de problème, mais pas si tu veux être une vraie tête de nœud. Tu n'as pas arrêté de parler d'elle depuis que tu es arrivé. Tu ne l'as rencontrée qu'hier soir. Tu t'es envoyé en l'air. Ça devait évidemment être génial sinon tu n'aurais pas accepté d'aller à un mariage avec elle parce que, sérieux qui va à un mariage avec une fille qu'il vient de rencontrer ? À moins d'espérer la sauter encore ?

OK, Joey avait peut-être raison, mais quand même...

— Tu fais chier. Je n'ai pas beaucoup parlé d'elle.

Si ?

Quand les trois autres gars échangèrent un regard puis se mirent à rire, Shane eut envie de prendre la crosse la plus proche et de les massacrer.

« Ouais, ben, allez vous faire foutre, bande de trous du cul. Ce n'est pas parce que vous n'avez pas... »

— Qui te dit qu'on baise pas ? Lad lui donna un coup de poing sur le bras.

Shane ricana.

— Quand on n'est pas sur la glace vous passez la plupart du temps à jouer à des jeux vidéo comme des gamins de douze ans.

Jake enfonça son coude dans le flanc de Shane.

— Et là, t'es où, à part assis avec nous ?

— Exercice d'acuité visuelle.

Joey éclata de rire.

— Tu dis que des conneries. Tu n'as rien de mieux à faire

que de rester avec nous. Pourquoi tu n'es pas rentré chez toi pour Noël au fait ?

Shane haussa les épaules. Il ne voulait pas admettre qu'il évitait ses parents tout droit sortis d'un film de Noël.

Lad et Jake ne comprendraient pas. Ils seraient montés dans le premier avion s'ils avaient eu le temps de rentrer chez eux et de revenir à temps pour le match suivant.

Quant à Joey... bon, les parents de Joey étaient un vrai cauchemar, alors il n'était pas rentré chez lui. Il ne rentrait jamais chez lui. Il ne comprenait pas pourquoi Shane voulait éviter sa famille parfaite.

— J'avais besoin de travailler sur certaines choses et Cary a dit qu'il m'aiderait. Alors je suis resté. J'ai besoin de m'entraîner.

— Oublie les derniers matchs, mec. Jake haussa les épaules. Cette merde va s'arranger toute seule.

Seigneur, il l'espérait. Sinon...

— Je veux juste rester concentré sur le jeu et ne pas me laisser prendre par tous ces trucs de famille.

Jake ricana.

— Et il n'y a rien de mieux pour se concentrer que de baiser avec une fille que tu connais à peine...

— C'est pas ça. Elle est... Incroyable. Sexy. Intelligente. Gentille.

Silence.

Shane regarda par-dessus son épaule et vit Joey le fixer avec de grands yeux. Quand il regarda les autres gars, ils avaient des expressions identiques, du genre « qu'est-ce qu'il lui arrive ?»

— Quoi ?

— Gentille ? dit Jake. Cette fille est si gentille que tu lui as dit que tu irais à un mariage avec elle ?

L'accent de Jake s'épaississait à chaque mot et ses sourcils blonds se levèrent jusqu'à ce qu'ils soient cachés par la frange de cheveux clairs qui lui tombait sur le front.

Shane haussa les épaules, se sentant un peu dépassé par la réaction des gars.

— Ouais, elle est sympa. Et alors ?

Jake et Lad échangèrent un regard puis ils regardèrent tous les deux Joey qui commençait à secouer la tête.

— Les gentilles filles sont celles dont il faut le plus se méfier, dit Joey. Elles te font tourner la tête et tu ne sauras jamais ce qui t'a frappé. Sérieusement. Tu devrais t'enfuir maintenant. Avant que tu sois complètement foutu.

SHANE AJUSTA SA CRAVATE, prit son manteau et se dirigea vers la porte.

Pour une raison stupide, il avait du mal à respirer. Ce n'était pas comme s'il n'avait jamais été à un premier rendez-vous, mais cela faisait un moment. Au moins six mois, peut-être plus.

Merde, il ne se souvenait même pas. Ça devait être après la saison précédente, quand il était rentré chez lui. Il ne pouvait même pas se rappeler du nom de la fille. Ça faisait de lui un connard ? Probablement.

C'est pitoyable. Putain, pitoyable.

En se glissant dans son pick-up, il revérifia l'adresse que Bliss lui avait envoyée par SMS, et jeta un œil à la carte pour s'assurer qu'il savait où il allait, puis il sortit du parking.

Son téléphone sonna quelques secondes plus tard et il répondit via le système Bluetooth du véhicule lorsqu'il reconnut le numéro.

— Salut, comme ça va ?

— Yo, Brique. On prend des nouvelles de toi avant ton rendez-vous de ce soir. Jakub et moi, on a l'intention de se péter la gueule et de regarder... cette émission, là. C'est quoi déjà ?

La dernière partie de la phrase était étouffée, probablement parce que Lad avait détourné le téléphone pour parler à Jake.

— Je ne sais pas de quoi tu parles. C'était Jake, difficile à distinguer car il devait être plus loin. Shane, s'il te plaît, viens sauver la peau de ce connard avant que je le tue tellement je m'ennuie.

Lad répondit en russe, dont Shane comprit une partie, mais seulement les jurons, et ensuite en tchèque, qu'il ne comprenait pas du tout. Et puis il entendit ce qui ressemblait à une bagarre.

Shane éclata de rire, mais les deux autres gars ne l'entendirent pas pendant au moins une minute.

— Tu te fous de notre gueule salaud, c'était la voix de Jake maintenant, plus proche du téléphone, mais c'est pas nous qui allons à un mariage ce soir.

Toujours en train de rire, Shane secoua la tête.

— Au moins, je vais boire gratuitement.

— T'y va pas pour la boisson. La voix de Lad avait pris un ton espiègle.

Tout à fait vrai.

—Va te faire foutre, Drac. C'est un rendez-vous. Tu te souviens de ce que c'est ? Ou est-ce que toi et Jake jouez ensemble sur la glace mais aussi après ?

Malgré la barrière de la langue à leur arrivée aux États-Unis trois ans auparavant, Lad et Jake avaient appris l'anglais rapidement. Cependant ils se rabattaient toujours sur leur langue maternelle lorsqu'ils voulaient vous insulter.

Ainsi, lorsque Jake débita quelque chose en tchèque et que Lad commença à rire, Shane se dit qu'il ne préférait pas savoir ce qu'il avait dit.

— Alors, va te faire foutre, dit finalement celui-ci en anglais, d'un ton dégoûté. Oublie tes potes pour une paire de nichons.

— Si j'avais la chance d'en avoir une sous la main, ajouta Lad, je te laisserais aussi à la maison.

Shane riait tellement qu'il commençait à avoir mal à la poitrine.

— Vous êtes des connards, vous savez ça, non ? Vous vous méritez l'un l'autre.

— Mec, tu as vraiment besoin de t'envoyer en l'air plus souvent. Lad semblait maintenant sérieux, un changement si brusque que Shane dut secouer la tête. Cela t'aiderait à te sortir la tête de ton propre cul. Tu as besoin de... quel est le mot ?

— Cul ! cria de nouveau Jake dans le fond.

— Non, pas ça... C'est un connard. Ne l'écoute pas. Non. De distraction ! Tu as besoin de distraction. Alors va te faire distraire. On t'appelle demain. Ou peut-être toi, si tu n'es pas occupé, oui ?

En secouant la tête et en essayant de ne pas rire, Shane accepta puis raccrocha alors que Jake chantait « Let's Get It On » de Marvin Gaye. Il avait une belle voix, ce con.

Il avait encore le sourire quand il s'arrêta devant l'immeuble de Bliss, qui s'avéra être un bâtiment scolaire rénové dans une petite rue non loin de chez lui.

Comme elle lui avait également envoyé un SMS avec le numéro de son appartement, il se gara dans la rue et sonna à l'interphone pour lui faire savoir qu'il était là.

— Bliss, salut...

— Oh tu es déjà là ? Monte. Je suis prête dans une minute.

Elle semblait distraite et peut-être un peu essoufflée et il n'eut même pas le temps de répondre que déjà elle raccrochait et que la porte s'ouvrait.

Il trouva son appartement au deuxième étage et frappa, puis il entendit des petits claquements de talons sur le plancher avant que la porte ne s'ouvre.

Sa bouche s'ouvrit en grand et son cerveau se figea littéralement pendant une seconde. Puis il avala pratiquement sa langue.

Putain de merde.

— Salut, désolée, je suis en retard d'une minute. Elle fit un pas en arrière et lui fit signe d'entrer, mais pas avant de baisser les yeux et de l'examiner de la tête aux pieds.

« Mmmh. Tu es... superbe. »

Il aurait pu jurer que ses joues avaient rosi, mais elle se détourna avant qu'il puisse en être sûr.

Ce dont il était sûr, c'est qu'elle était absolument magnifique. S'il l'avait trouvée comestible à la fête deux jours auparavant... maintenant, il aurait ardemment souhaité pouvoir sauter le mariage pour enlever sa robe tout de suite, la porter sur son épaule et la jeter sur son lit... ou n'importe où dans son appart.

« J'espère que ça ne te dérange pas si on prend ma voiture ce soir, » lui dit elle par-dessus son épaule alors qu'elle se dépêchait de filer au fond de l'appartement. Ses jambes semblaient incroyablement longues en talons hauts.

L'espace ouvert lui permit de la voir se diriger vers une alcôve où une longue housse blanche pendait du haut d'une porte ouverte.

— J'ai un SUV pour pouvoir étendre la robe à l'arrière, et mon kit de couture est déjà dedans.

— Pas de problème.

Tant qu'il pouvait passer du temps avec elle, il ne se souciait pas de savoir avec quoi ils se rendraient au mariage.

La housse de la robe à la main, elle se retourna vers lui en souriant de façon ironique.

— C'est fou comme t'es agréable. Tu vas toujours me dire oui ?

— Je suppose que cela dépend de la question. Il pensait la laisser répondre à cela mais il n'était pas sûr que sa bite se comporte correctement si elle se mettait à le taquiner. Tu veux que j'aille ouvrir la porte ?

Elle cligna des yeux et hocha la tête.

— Oui. S'il te plaît. Les clés sont sur la table.

Saisissant le porte-clés, il ouvrit la porte, attendit qu'elle passe, puis il la suivit et referma. Dans le couloir il s'émerveilla de la vue qu'il avait sur elle. Seigneur, son cul était parfait, bien dessiné dans cette robe moulante.

— Tu es magnifique.

En regardant par-dessus son épaule, elle lui lança un sourire à la fois sexy et tendre. Bon sang, il faillit trébucher.

Comment faisait-elle ça, putain ? Comment réussissait-elle à le faire se sentir comme un putain d'adolescent, la langue nouée, excité et maladroit ?

— Merci. Tu déchires pas mal non plus. Mais je m'en étais déjà rendu compte à la fête.

Il aurait bien continué à fixer son magnifique cul alors qu'ils traversaient le bâtiment pour se rendre à sa voiture, mais ça aurait fait vraiment trop connard, alors il leva les yeux... et ne put s'empêcher de les poser sur ses seins quand elle s'arrêta à côté de son 4X4.

Il savait à quel point ces seins étaient moelleux parce qu'il avait mis les mains et la bouche dessus deux nuits auparavant.

Merde.

Il allait passer toute la nuit à bander devant deux cents personnes qu'il ne connaissait pas.

Putain

Et... merde. Il avait complètement raté ce qu'elle venait de dire. Quelque chose sur le fait qu'il déchirait... ?

— Euh, merci. On s'habille pour les compétitions alors... oui, on s'habitue assez vite à porter des costumes.

— Ça ne gâche rien que ça t'aille bien.

À lui de sourire. Il aimait beaucoup qu'elle n'ait pas peur de flirter et qu'elle ne soit pas trop rentre dedans non plus. En gros, il aimait tout chez elle.

Une fois passé professionnel, beaucoup de femmes qu'il

avait rencontrées s'étaient jetées sur lui. Il avait plus l'impression d'être une conquête à épingler qu'une personne qu'elles avaient vraiment envie de connaître.

— Je dirais la même chose de toi, il parlait lentement pour qu'elle entende chaque mot, mais cela ne te rendrait pas justice.

Lorsqu'il cliqua sur la télécommande pour ouvrir la voiture, elle lui lança un autre sourire en accrochant la robe à une barre qu'elle avait fixée au-dessus du siège arrière, juste en dessous du plafond de la voiture. Puis elle se rendit à l'arrière, ouvrit le haillon et disposa la housse de manière à ce qu'elle ressemble à une cascade blanche.

« On dirait que tu as fait ça toute ta vie. »

Elle pouffa en fermant le coffre puis elle prit les clés qu'il lui tendit.

— Juste quelques fois. On apprend vite les trucs. Ma tante est dans le métier depuis trente ans.

Lorsqu'elle revint vers le côté conducteur, il fit le tour de la voiture, puis l'aida à s'installer dans la voiture. Elle eut d'abord l'air surpris, mais elle le laissa faire. Il avait vu son père faire cela une centaine de fois pour sa mère qui ne faisait qu'un mètre cinquante.

Avec ces talons et cette robe moulante, Bliss devait faire des acrobaties fantaisistes pour monter dans la voiture. En plus, cela lui permettait de la toucher.

Gagnant-gagnant.

Et le sourire qu'elle lui fit — en partie sexy, en partie tendre — lui fit contracter les tripes.

— Merci.

Sa tonalité avait baissé d'un cran, basse et un peu rauque. Et bon sang, si ça ne lui faisait pas serrer les couilles et palpiter la queue...

Encore six heures de préliminaires.

Il hocha la tête, mais avant qu'il ne s'éloigne, elle tendit la main et fit glisser ses doigts le long de sa mâchoire. Shane se figea, ses poumons essayant de suivre le crépitement de ses terminaisons nerveuses.

Quand elle les laissa frôler ses lèvres, il ne put s'empêcher d'ouvrir la bouche et de mordre légèrement le bout de son index. Il vit ses yeux se rétrécir, s'assombrir et son sourire devenir un peu plus coquin.

Il donna un coup de langue au bout de son index, l'entendit respirer plus fort puis laissa glisser son doigt.

— On dirait que tu as le diable au corps ce soir.

Merde, mais sa voix lui donnait envie de remonter sa jupe autour des hanches et d'enfoncer son visage entre ses jambes pour pouvoir la lécher jusqu'à ce qu'elle jouisse. Il n'avait pas eu l'occasion de le faire l'autre soir. Ce soir, ça serait la première chose sur sa liste de choses à faire.

— Je sais comment me comporter en public, il haussa les épaules, mais tous les paris sont ouverts pour plus tard.

Peut-être que Bliss aurait dû prendre une culotte de rechange parce que, Dieu, que cet homme la faisait mouiller.

Si elle n'avait pas eu besoin d'être à l'église avec la robe, elle aurait pu dire on s'en fout et le ramener dans son lit. Ou peut-être qu'ils seraient à peine arrivés jusqu'à la porte. Elle aurait pu remonter sa robe et faire tomber sa culotte et il aurait pu défaire sa ceinture et baisser sa braguette et...

Mmmh.

Bliss retint sa respiration, retira sa main de sa bouche et de la barbe naissante si sexy sur sa mâchoire, et elle baissa les yeux en prétendant mettre la clé sur le contact.

Comme elle n'arrivait pas à trouver une seule chose sensée à dire, elle dit :

— Il faut qu'on y aille.

Shane n'en manqua pas une miette. Il s'assura que sa robe

était bien à l'écart de la porte avant de la fermer. Son cœur battait à tout rompre.

Puis il fit le tour de la voiture, s'assit côté passager, ses genoux frôlant son menton avant qu'il n'ajuste le dossier.

Lorsqu'il fut attaché, elle mit la voiture en marche et se dirigea vers l'église, essayant d'ignorer qu'il prenait tant de place dans sa voiture.

Bon sang, il était grand.

Oui, elle l'avait remarqué, au lit avec lui deux nuits auparavant. Mais ici, maintenant, enfermés tous les deux dans la voiture... Il prenait tellement de place qu'on avait presque l'impression qu'il n'y avait pas assez d'air.

Bien sûr, cela pouvait aussi être dû au fait qu'elle n'arrivait pas à reprendre son souffle quand il était là.

— Alors, la mariée est une amie ou une cliente ?

Ridiculement soulagée qu'il ait posé une question à laquelle elle n'avait pas à réfléchir, elle répondit :

— Les deux, en fait. Enfin, elle a d'abord été une cliente mais elle est devenue une très bonne amie. Elle a des problèmes de mobilité et, *j'ai un frère qui a un handicap mental que je ne vais pas mentionner parce que tu pourrais encore t'avérer être un parfait connard*, je lui ai dit que je l'aiderais à s'habiller.

— Quel genre de problèmes de mobilité ?

Le genre causé par un fiancé qui, par imprudence, a fait faire deux tonneaux à la voiture qu'il conduisait et a bousillé la colonne vertébrale de Faith.

— Elle a été blessée dans un accident de voiture et a besoin d'un fauteuil roulant.

— Merde, ça craint.

L'émotion sincère dans sa voix la frappa quelque part au milieu de sa poitrine.

— Ouais. Mais Faith est incroyable. Ils lui ont dit qu'elle ne remarcherait probablement plus jamais, mais elle n'abandonne pas. Je ne doute pas qu'elle pourra se débarrasser de ce fauteuil. Mais pour l'instant, elle sait qu'elle en a besoin. Elle ne se laisse emmerder par personne et ne supporte pas la pitié.

— Elle a l'air incroyable. J'ai hâte de la rencontrer. Je dois dire que j'ai remarqué que tu n'avais rien dit sur le type qu'elle va épouser.

Bliss essaya de ne pas faire de grimace et y parvint tout juste.

— Il va... bien.

Shane pouffa.

— Tu as vachement l'air de t'en réjouir.

Alors qu'elle s'arrêtait au feu rouge, elle lui jeta un rapide coup d'œil en faisant la grimace.

— C'est si évident que ça ?

— Que tu n'aimes pas ce type ? Oui, un peu...

Elle soupira.

— Eh bien, c'est probablement réciproque. Je pense juste qu'il n'est pas assez bien pour elle. Honnêtement, je ne suis pas sûre que quelqu'un soit assez bien pour Faith. Elle est ce genre de personne, tu sais... presque trop bien pour être vraie. Mais c'est la fille la plus gentille qu'on puisse rencontrer. Simplement je trouve que...

— Il n'en est pas digne.

Elle lui jeta un autre regard et vit qu'il était en train de la regarder. Mon Dieu, elle espérait vraiment ne pas passer pour une connasse suffisante.

— Ouais. Et s'il te plaît, dis-moi juste de la fermer. J'arrive pas à croire que je puisse dire tant de mal d'un mec le jour de son mariage.

— Je ne veux pas que tu te taises. Tu peux parler toute la soirée. J'aime entendre le son de ta voix.

Oh mon Dieu, elle rêvait ou quoi ? Chaque mot qui sortait

de sa bouche lui donnait envie de se garer, d'éteindre le moteur et de lui sauter dessus.

Il était magnifique ce soir. Ce costume lui allait comme un gant, un gant extra-large. Le sex-appeal d'un costume c'était vraiment quelque chose.

Elle éclata de rire en secouant la tête.

— Tu es dangereux.

Heureusement, elle ne vit pas son sourire, mais elle l'entendit rire brièvement. Si elle l'avait regardé, elle aurait peut-être quitté la route.

— Je suis content que tu le penses ! Une pause. Ce serait bien si les autres équipes le pensaient aussi.

Elle lui glissa un rapide coup d'œil.

— Pourquoi tu dis ça ?

Ses épaules bougèrent à peine quand il haussa les épaules.

— J'ai juste... un peu de mal ces derniers temps. J'ai été... une autre pause... dans une sorte de marasme.

— Qu'est-ce que tu veux dire par là ?

Elle l'entendit inspirer et quand elle tourna à nouveau les yeux vers lui, elle le vit secouer la tête, ses belles lèvres pressées l'une contre l'autre.

— Ça veut dire que je laisse tomber mon équipe.

Elle sentit si clairement sa colère et sa frustration qu'elle aurait voulu l'apaiser d'une manière ou d'une autre, mais elle ne le connaissait pas assez pour savoir comment faire. Elle ne put s'empêcher d'essayer tout de même.

— C'est pour ça que tu n'es pas rentré chez toi pour les fêtes ?

Tout l'intriguait chez cet homme et elle voulait tout savoir sur lui.

Ce qui était stupide. Il ne resterait pas assez longtemps pour qu'elle le connaisse aussi bien. Ce qu'ils faisaient... peu importe le nom, c'était juste pour s'amuser. Il ne serait pas à Reading pour toujours.

Et elle n'était certainement pas à la recherche d'un gars qui pouvait déménager à travers le pays en un clin d'œil.

Cela ne signifiait pas qu'elle ne voulait pas qu'il lui parle.

Après quelques longues secondes, il finit par dire :

— Un peu, oui. Il me faut simplement un peu de temps pour réfléchir. Pour me remettre les idées en place.

Elle faillit répondre :

« Je suis sûre que tout ira bien », mais elle savait que c'était des conneries. Parfois, tout n'allait pas bien et vous deviez régler vos problèmes avant que les choses s'améliorent toutes seules. Et parfois, elles ne s'amélioraient pas et vous appreniez juste à les gérer.

Alors elle prit sa main, la posa sur son genou et passa ses doigts dans les siens.

— Tu as donc pensé qu'un mariage la veille de Noël serait la solution idéale pour te changer les idées.

Elle lui jeta un nouveau regard, s'assurant qu'il voyait son sourire.

Mais il ne lui rendit pas. Au lieu de cela, il la fixa, même après qu'elle ait reposé son attention sur la route. Elle sentit son regard sur elle.

— En fait, c'est toi qui me changes les idées du hockey. Tu es une distraction. Une bonne distraction.

La chaleur l'envahit et elle dû aspirer de l'air.

— Alors je suis contente de te l'avoir demandé.

— Ouais, moi aussi.

À partir de là ils restèrent silencieux, mais ils n'étaient qu'à quelques minutes de l'église et n'eurent donc pas le temps de se sentir mal à l'aise.

Lorsqu'ils arrivèrent, ils étaient un peu en avance mais la

voiture de la mère de Faith était déjà dans la rue, et Bliss se gara derrière.

Shane l'attendit à côté de la voiture.

— Tu veux de l'aide ?

Elle sourit à nouveau. Son ex l'aurait regardée se débattre avec son sac à main, sa robe et sa trousse de couture avant de lui demander si elle avait besoin d'aide.

Qu'est-ce qu'elle avait bien pu trouver à Rich ? Et pourquoi diable pensait-elle à lui maintenant ?

Mettant ces pensées de côté, elle hocha la tête.

— Si ça ne te dérange pas, pourrais-tu prendre ma trousse ? Et...

Le test ultime. Elle tendit son sac à main avec un sourire timide.

Il ne cligna même pas des yeux. Il le prit, le glissa sous son bras avant de saisir sa trousse.

— Mon Dieu, mon sac de sport est lourd, mais il est énorme. Ce truc fait la moitié de sa taille et pèse encore plus. Qu'est-ce que tu as là-dedans ? Une machine à coudre et un banc de musculation ?

Son sourire ironique la fit rire, mais elle espérait qu'il n'entende pas son essoufflement. Maudit soit-il. Chaque fois qu'il lui souriait, ses poumons réagissaient comme si elle venait de terminer un marathon.

Elle avait envie de s'éventer le visage avec la main. Au lieu de cela, elle prit la robe.

— Je ne sais jamais de quoi j'aurai besoin, alors je m'assure que j'ai tout.

— Il faut aimer les filles et toutes leurs affaires.

Sa bouche se tordit en une grimace qu'elle effaça rapidement. Le dernier homme qui avait dit quelque chose de semblable ne l'avait pas complimentée.

Shane n'est pas Rich.

Peut-être qu'elle devrait continuer à réciter ce petit mantra pendant les prochaines heures.

Surtout alors qu'elle était sûre que cet homme avait dit ça pour la taquiner. La taquiner de façon sexy.

— Je fais de mon mieux. En plus, je pense que tu pourras t'en sortir.

Elle voulait dire autre chose, quelque chose qui montrerait qu'il lui plaisait autant qu'elle semblait lui plaire, mais elle n'arrivait pas à penser à quoi que ce soit. Et ça ne lui ressemblait pas. Elle n'était généralement pas à court de mots.

— C'est bon de savoir que tu as confiance en moi.

Elle se posa la question et réalisa que c'était vrai. Après avoir passé seulement quelques heures à parler et à rouler ensemble dans un lit, elle lui faisait confiance.

Mauvaise idée.

En se disant de se taire, elle lui lança un sourire et continua d'avancer dans l'église.

Comme elle y était déjà venue, elle savait qu'elle trouverait Faith au sous-sol puisqu'elle avait décidé de se préparer dans l'église au lieu d'arriver habillée. À cause du fauteuil, il y avait toujours la possibilité que la robe se prenne dans les roues et ce serait un désastre.

Un peu comme ce mariage.

Elle avait vraiment besoin d'arrêter d'être négative. Cela ne ferait aucun bien à Faith et elle se sentirait mal lorsque Jimmy se révélerait être un type bien.

Ha.

— Attention à ta tête, dit-elle en descendant les escaliers.

— Oh put... euh, ouais. Il faut être un hobbit pour travailler ici.

Étouffant un rire, elle secoua la tête à la place et s'arrêta au bas de l'escalier pour s'assurer qu'il ne se blessait pas.

Lorsqu'il arriva en bas sans encombre et qu'il se tint à côté d'elle, la surplombant dans l'étroit hall, elle leva les yeux sur lui.

— Merci.

Il leva les sourcils, les lèvres relevées en un sourire perplexe.

— Pourquoi ?

— Parce que tu es là.

Shane ne savait pas exactement ce que Bliss voulait dire, mais il voyait bien qu'elle était sincère.

Il aurait pu lui mettre un vent et lui dire qu'il n'avait rien de mieux à faire ce soir. Ce qui aurait été vrai. Il n'avait absolument rien de mieux à faire ce soir que de venir avec elle. Mais il ne voulait pas dire que c'était toujours mieux que de ne rien faire.

Non, il voulait dire sincèrement qu'il ne voyait rien de mieux à faire que de passer la soirée avec elle. Même si cela signifiait aller au mariage de deux personnes qu'il ne connaissait pas.

Mais ce n'était pas quelque chose qu'on laissait échapper devant une fille qu'on venait de rencontrer. C'était contraire au « code des mecs »... peu importe ce que ça voulait dire.

— Eh bien, je suis là pour tout ce dont tu as besoin. Montre-moi juste la bonne direction.

Et elle retrouva son sourire. Celui qui le ramenait à elle, dans son lit, deux nuits auparavant.

Merde, il avait besoin de penser à autre chose qu'à son corps nu.

— Je vais accepter cette proposition. Puis elle fronça le nez et secoua la tête. Mais pas maintenant. Pour l'instant, je dois préparer Faith. Laisse-moi te présenter et ensuite je t'abandonnerai pendant une demi-heure environ. Désolée.

— Pas de problème. Je sais comment m'amuser sans m'attirer trop d'ennuis.

Elle rit et les tripes de Shane se crispèrent. Il pourrait vite se mettre dans l'embarras s'il restait là à l'écouter.

Puis elle fit quelque chose à quoi il ne s'attendait pas. Elle lui fit signe de s'approcher, l'index en crochet, un sourire amusé au coin des lèvres et une lueur espiègle dans les yeux.

Il se pencha parce qu'il ne voulait pas la décevoir.

Quand leurs nez se touchèrent presque, elle réduisit les derniers centimètres qui les séparaient et frôla ses lèvres d'un baiser.

Les poumons de Shane se figèrent dans sa poitrine et il sut que son érection n'échapperait à personne.

Tout ça parce qu'elle l'avait à peine embrassé.

La seule chose positive... Quand elle se recula, elle avait l'air aussi sonnée que lui.

Comme s'il avait pris une méchante claque sur son casque et que son crâne résonnait.

Merde, il aimait bien cette fille. Beaucoup.

— Je vais me trouver un endroit où traîner jusqu'à ce que tu aies fini. Je peux rencontrer ton amie plus tard. Tu as sûrement beaucoup à faire.

Elle hocha la tête, l'air encore choqué.

— Ouais. C'est... elle inspira. Bonne idée.

Puis elle sourit et il ne trouva rien à dire de plus. Alors il hocha la tête et se tourna vers le couloir. Mais avant de s'éloigner, il se retourna, se pencha en avant et l'embrassa encore, plus longtemps qu'elle ne l'avait fait.

— SHELLY, il faut que je te parle.

Bliss sut que quelque chose n'allait pas à la seconde où le père de Faith passa la tête par la porte et fixa sa femme. L'expression de Frank fit crisper l'estomac de Bliss.

Heureusement, Faith était dos à la porte et ne pouvait pas

voir son père. Sa mère plissa les yeux une seconde avant de sourire vers Faith et de se dépêcher de sortir de la pièce.

— Si les enfants de mon frère causent des problèmes, je vais les étrangler moi-même. Ces petits démons sont adorables mais ils sont pourris gâtés. Faith se tut, l'air sérieux. Je ne te remercierai jamais assez pour tout ce que tu as fait.

— Ce fut un plaisir. J'ai juste...

— Faith, chérie.

Ses parents entrèrent dans la pièce ensemble et Bliss sut que quelque chose de moche venait de se produire.

Parce qu'ils avaient l'air furieux. Pas en colère. Pas contrariés.

Ils avaient l'air furax et prêt à péter les plombs.

Merde.

Une terreur absolue traversa le regard de Faith avant qu'elle ne l'efface et se retourne pour faire face à ses parents.

— Qu'est-ce qui ne va pas ?

Les parents de Faith restèrent silencieux et Bliss lui serra la main avant de se diriger vers la porte. Quoi qu'il se passe, elle se dit qu'ils voulaient l'en avertir en privé.

Dès que la porte se referma derrière elle, elle retourna dans le couloir, pensant trouver Shane à l'étage. Il la surprit en se redressant au pied de l'escalier.

— Alors je suppose que tu as entendu. Il secouait la tête, l'air écœuré. Quel connard !

Elle secoua la tête.

— En fait, je n'ai pas la moindre idée de ce qui se passe. Mais toi oui, visiblement.

— Merde. Ouais. Il fit une grimace. Je n'écoutais pas aux portes, mais ils n'essayaient pas de parler bas, alors... Il soupira. Je suis presque sûr que le marié a pris la poudre d'escampette.

Bliss eut soudain froid, puis très chaud.

Le salaud. Le misérable salaud. Je vais le rattraper et...

— Euh, Bliss ? Ça va aller ? Tu as l'air un peu…

— Furieuse ? Oui, on peut dire ça.

Elle prit une profonde inspiration et tenta d'apaiser sa colère. Mais… oh bon sang, si jamais Jimmy osait pointer le bout de son nez…

— Non, je veux dire que tu as l'air d'avoir pris un palet dans les couilles.

Elle éclata de rire. Elle n'y put rien. Et puis elle acquiesça parce que c'est probablement ce qu'elle aurait ressenti, si elle, enfin vous voyez, avait eu le bon équipement.

Bliss regarda Shane dans les yeux et lui sourit, bien qu'une seconde avant, elle n'aurait pas pensé qu'elle serait capable de sourire du tout ce soir.

Dangereux, ce garçon.

Son sourire s'effaça et elle espérait vraiment qu'il ne pouvait pas lire dans ses pensées.

— Je ne suis pas sûre de ce qui va se passer mais si tu veux partir… Elle haussa les épaules. Je peux t'appeler un taxi ?

— Nan. J'attendrai avec toi.

Du doigt, il montra un banc le long du mur, et quand ils s'assirent, sa cuisse se pressa contre la sienne, dégageant de la chaleur dans tout son corps. Si elle s'appuyait plus près, elle pourrait poser sa tête contre le haut de son bras. Se blottir contre lui.

Elle était surprise de voir à quel point elle avait envie de faire ça.

Au lieu de cela, elle détourna son attention en demandant :

— Quand est-ce que tu as ton prochain match ?

— Le lendemain de Noël. Il se tut. Je ne suis pas sûr de jouer. L'entraîneur m'a mis sur le banc au dernier match.

Comme cela semblait être un sujet délicat, elle posa une autre question.

— Tu fais quoi pour Noël ?

Il haussa les épaules.

— Dormir. Manger. Traîner avec les gars qui ne sont pas rentrés chez eux. Quelques membres du Booster club nous ont invités à dîner, donc je vais probablement faire ça. Ensuite, j'ai besoin d'une bonne nuit de sommeil pour être prêt à jouer. Si l'entraîneur me prend.

— Je pense... que j'aimerais venir au match.

Elle le sentit bouger à côté d'elle.

— Tu veux que je te trouve des billets ?

— Je peux le faire...

— Non, ce n'est pas un problème. On a des gratuités. Combien tu en veux ?

Elle réfléchit à ce qu'elle allait dire pendant plusieurs secondes.

— Deux, ça va ?

— Tant que tu n'amènes pas un rencard, pas de problème.

Souriant à son ton ironique, elle appuya la tête contre son bras pendant quelques secondes.

— Je viendrai avec un homme. Mais il est de ma famille.

Il se tendit.

— Ton père est flic, non ? Je vais avoir besoin d'argent pour la caution ?

Elle pouffa, juste un petit peu.

— Ce ne sera pas mon père. J'aimerais amener mon neveu. Il est fou de sport.

— OK, pas de problème.

Elle avait pensé venir avec son frère Mike mais...

Mais quoi ?

Elle savait, elle savait c'est tout, que Shane était un mec bien. Un authentique mec bien. Mais elle était tellement habituée aux types qui mentaient pour obtenir ce qu'ils voulaient ou qui lui disaient ce qu'ils pensaient qu'elle voulait entendre.

Shane semblait si sincère.

Alors pourquoi tu n'amènes pas Mike ?

Parce que c'était une habitude de laisser son frère en dehors de sa vie amoureuse. Parce qu'on n'était jamais sûre de rien.

Au bout du couloir, les charnières de la porte grincèrent et Bliss pivota la tête pour voir le père de Faith émerger. Son menton reposait presque sur sa poitrine, mais elle pouvait voir ses poings serrés sur les côtés.

L'homme était furieux. Et il avait le cœur brisé.

Elle se pencha en touchant l'épaule de Shane.

— Je vais voir si Faith a besoin de moi.

— Pas de souci. Ne t'inquiète pas pour moi. Je t'attendrai ici quand tu seras prête à partir.

Elle lui fit un petit sourire et se laissa prendre deux secondes par la sincérité de ses yeux bleus.

Tu es tellement dans le pétrin, ma fille. Cet homme est dangereux.

Mais ce serait tellement amusant tant que ça durerait.

— TU VEUX ENTRER pour prendre un verre ? dit Bliss en ouvrant la porte de son appartement. J'ai peur de boire une bouteille entière de rhum toute seule ce soir et ce ne serait pas une bonne idée. Je ne veux pas avoir la gueule de bois au dîner chez mes parents demain.

Shane avait espéré qu'elle l'inviterait à entrer, mais il n'avait pas voulu trop y compter. Et il ne voulait vraiment pas qu'elle ait l'impression de devoir le divertir.

Bliss était bouleversée. Et oui, il avait tout à fait compris pourquoi. Il ne connaissait même pas Faith et il voulait frapper son connard d'ex fiancé.

Il ne voulait pas non plus rendre la soirée de Bliss plus difficile qu'elle ne l'était déjà.

Mais il ne voulait pas non plus partir.

— Ouais.

Elle ouvrit la porte en souriant et le fit entrer.

Il n'avait pas encore eu l'occasion de voir son appartement, mais là il ne s'en priva pas alors qu'elle se dirigeait vers le fond de la pièce.

— Je vais me changer. Donne-moi une minute.

— Pas de problème.

Alors qu'il enlevait sa veste et desserrait sa cravate, il jeta un coup d'œil autour de lui. La pièce principale était assez cool et le plafond élevé signifiait que la chambre était sur une mezzanine à laquelle on accédait par une courte volée de marches.

Elle avait accroché du tissu au plafond pour qu'on ne la voie pas, mais il l'entendit trafiquer. Son cerveau lui fournit des images de son corps nu et sa queue comprenant l'allusion se mit au garde à vous.

Oh non...

— Il y a de la bière dans le frigo si tu en veux une, dit-elle de là-haut. Ou du vin. Sers-toi.

Ça lui allait comme idée.

— Tu en veux une ? demanda-t-il ?

— Je vais prendre du vin. Il y a une bouteille ouverte dans la porte, et les verres sont dans l'armoire à côté du frigo.

Il venait de lui verser un verre et d'ouvrir sa bière quand il la sentit arriver derrière lui.

Il lui tendit le verre en se retournant... et faillit faire tomber le foutu truc.

Il l'avait trouvée superbe toute pimpante mais là... *Putain...*

Elle s'était fait une queue de cheval qui pendait sur son épaule, s'était démaquillée et portait un sweat-shirt avec l'encolure découpée, sur un débardeur et un pantalon de yoga qui moulait chacune de ses formes.

Sa putain de bite allait porter l'empreinte d'une fermeture Éclair.

Merde, il voulait attraper ses cheveux et les enrouler autour de sa main puis il l'attirerait plus près et l'embrasserait jusqu'à ce qu'elle fonde contre lui. Ensuite il la coucherait sur le lit et poserait sa bouche entre ses cuisses.

Il avait voulu le faire la dernière fois mais ils n'avaient pas eu le temps.

Ce soir, si elle le laissait entrer dans son lit...

Comme si elle pouvait lire dans ses pensées, ses joues devinrent roses et elle déglutit.

Son regard s'éloigna du sien en lui prenant le verre de vin des mains.

— Merci. J'en ai besoin. J'y crois pas... Elle s'interrompit en grimaçant. Désolée, je n'ai pas l'intention de parler encore de ce qui s'est passé.

— Je suppose qu'il vaut mieux qu'il ait annulé à la dernière minute. Sinon, elle serait coincée avec ce connard.

Elle sourit en levant les sourcils.

— Tu sais, tu as absolument raison. Puis elle se mit à rire. Je suis vraiment contente qu'elle n'ait pas épousé cet abruti. J'espère juste qu'un jour il réalisera ce qu'il a perdu en décidant de ne pas se pointer ce soir. Et j'espère qu'il le regrettera pour le restant de sa vie.

— Tu es dure. J'aimerais pas t'avoir pour ennemie.

Elle plissa le nez en prenant une gorgée de vin.

— Non tu te trompes. Ma famille pense que je suis un vrai Shamallow.

En la regardant maintenant, il pouvait comprendre pourquoi. Douce. Elle avait l'air si doux qu'il voulait la prendre par les épaules et l'attirer contre lui. Poser sa bouche sur la sienne et se laisser aller dans un baiser.

Quelque chose lui titilla l'arrière du cerveau, mais il ignora ce que celui-ci essayait de lui dire.

D'autant plus qu'elle le regardait dans les yeux avec une chaleur qu'il savait identifier depuis la dernière fois qu'ils avaient été seuls ensemble.

Sa main avait bougé avant qu'il ne s'en rende compte. Et quand il saisit le bout de sa queue de cheval et commença à l'enrouler autour de sa paume, il sut pourquoi ses poumons avaient soudain l'impression qu'il avait fait une demi-heure de sprint.

Parce qu'il allait être à nouveau en elle.

— Il se trouve que j'aime les Shamallows.

Ses lèvres s'entrouvrirent et il prit cela pour un encouragement.

Posant sa bière sur le comptoir, il lui prit le verre à vin des mains et le posa à côté.

Il pouvait la boire tiède plus tard.

Pour l'instant...

Il lui prit le visage entre les mains, l'inclina vers le haut et l'embrassa.

Il s'attendait à ce qu'elle le rencontre à mi-chemin. Il ne s'attendait pas à ce qu'elle s'approche de lui dans un tel élan de désir débridé.

Mais bon sang, ça lui plut. Son enthousiasme libéra ses propres réserves.

Enroulant ses bras autour de sa taille, maintenant que sa bouche avait engagé la sienne dans un baiser profond et humide, il l'attira contre lui. Son bassin s'aplatit contre le sien, se frottant à son érection de manière à lui faire savoir qu'elle était complètement d'accord avec lui.

Sa queue devint encore plus dure et se cogna contre elle alors qu'elle se tortillait contre lui.

Oh putain.

Il s'écarta de sa bouche pour pouvoir la regarder dans les yeux.

— La première fois c'était rapide et brutal. Je te promets que je te ferai jouir plus lentement la deuxième fois.

Ses joues devinrent rouges mais ses yeux brillaient lorsqu'elle hocha la tête.

— Absolument.

Ses mains descendirent à sa ceinture dans la seconde qui suivit tandis que les siennes attrapaient son pantalon de yoga et l'abaissait sur ses hanches.

Ensuite elle fit descendre la fermeture Éclair de sa braguette et empoigna son membre.

Bon Dieu.

Elle commença immédiatement à le caresser tout en tortillant des hanches alors qu'il faisait descendre plus bas le pantalon élastique.

Il était à hauteur de ses genoux quand il tomba enfin tout seul et que Shane put utiliser ses mains pour autre chose.

Comme la toucher entre les cuisses.

Les lèvres de son sexe étaient douces comme de la soie et mouillées. Tellement mouillées. Il laissa ses doigts jouer là pendant quelques secondes et l'entendit gémir au plus profond de sa poitrine.

Elle stoppa ses caresses, ayant du mal à respirer quand il titilla son clitoris. Elle frissonna et ses doigts se crispèrent sur sa bite.

Oui, putain.

Il s'écarta, saisit ses épaules puis la fit tourner avant qu'elle ne réalise ce qu'il faisait. Il aperçut sa bouche relâchée et surprit son regard avant de se plaquer contre son dos et de lui saisir les poignets, en lui tendant les bras devant.

— Les mains sur le comptoir. Accroche-toi !

Il aurait voulu se frapper le torse en signe de victoire quand elle lui obéit et qu'elle se pencha en avant, juste au bon angle pour lui faire savoir qu'elle était d'accord avec ses plans.

Shane sortit son portefeuille de sa poche, attrapa le préservatif, fit tomber le portefeuille et recouvrit sa bite en un temps record.

Puis il mit une main sur sa hanche, frotta son gland entre ses lèvres mouillées tout en glissant deux doigts en elle.

Étroite. Chaude et humide.

À lui.

Reculant les hanches, Bliss gémit à nouveau.

— Shane. Ne me fait pas languir.

Il n'en avait pas l'intention. Comment aurait-il pu de toute façon ? Pas maintenant.

Il fit un pas de plus, plaça sa queue dans le bon angle et entra chez lui d'un seul coup.

Elle inclina le dos quand elle l'accueillit en elle. Et il perdit presque la tête, perdu dans sensation qui l'enveloppait.

Faisant courir sa main le long de sa colonne vertébrale, il commença à remuer les hanches. De courtes poussées saccadées qui la firent haleter, les mains serrées au bord du comptoir, le cul relevé pour le prendre plus profondément.

Oui, c'est ça. Bon sang, ça ne sera pas long.

Il ne plaisantait pas. Cette fois, ça allait encore être rapide. Mais elle n'avait pas encore joui. Il fallait qu'il tienne bon.

En gardant le rythme, il se pencha en avant jusqu'à ce qu'il puisse tendre la main et poser un doigt sur son clitoris.

En la caressant au même rythme que ses coups de reins il trouva assez vite ce qu'elle aimait et il la toucha jusqu'à ce qu'elle crie et que sa chatte se contracte aussi fort qu'un poing.

Il réussit à tenir quelques secondes de plus, mais la tentation était trop forte.

Sa bite tressaillit et il jouit en grognant, un bras enroulé autour de sa taille, l'autre sur son épaule.

Merde, il aurait voulu rester en elle pendant des heures. C'était tellement bon avec elle, putain.

Et il était encore dur.

Sans prévenir, il se retira. Elle émit encore un gémissement aphrodisiaque qui mit le feu à son sang.

Avant qu'elle ne puisse parler, il la retourna et la souleva sur le tabouret à côté d'elle.

— Mais qu'est-ce que tu...

Il se retrouva à genoux avec la bouche sur elle avant qu'elle ne puisse finir.

« Oh mon Dieu. Shane. »

Sa langue se mit à lécher ses plis, lisses et gonflés. Bliss enfonça les doigts dans ses cheveux et serra ses mèches. Il fit glisser le bout de sa langue contre son clitoris et gémit lorsqu'il la fourra à l'intérieur, inclinant ses hanches vers le haut pour pouvoir s'enfoncer davantage.

Elle avait un goût incroyable et il ne pouvait pas s'arrêter de la goûter, d'autant plus qu'elle se tortillait, haletante et lui faisait savoir exactement ce qu'elle aimait. Ce qui semblait être tout ce qu'il faisait.

Il se sentait sûr de lui, sexy en diable et bougrement excité. Il la voulait encore.

Heureusement, il avait mis deux préservatifs dans son portefeuille.

Shane s'écarta, leva les yeux et la vit en train de le fixer avec des yeux embués. Il eut envie de se frapper la poitrine comme Tarzan. Debout, il garda le regard fixé sur elle en tentant de prendre ce portefeuille.

Bliss plongea les yeux sur son entrejambe, ses yeux s'élargirent et ses lèvres s'écartèrent en un sourire amusé, alors qu'il se protégeait à nouveau.

Mais elle ne dit rien jusqu'à ce qu'il en ait fini avec le préservatif et la soulève du tabouret.

Puis elle déglutit.

Il ne dit rien, il la laissa juste glisser jusqu'à ce que sa bite touche son pubis. Il lui suffit d'un petit ajustement pour qu'elle soit là où il avait besoin d'elle.

Son gland fendit les lèvres de sa chatte et il la laissa s'empaler sur sa queue.

— Putain, oui, murmura-t-il. Tellement chaude, tellement lisse.

Elle glissa les mains dans ses cheveux et ses lèvres s'accrochèrent aux siennes alors qu'il la faisait monter et descendre sur sa queue. Ses fesses arrondies contre ses paumes faisaient battre son cœur encore plus vite, et chaque fois qu'il la faisait glisser le long de sa bite, elle soupirait dans sa bouche.

Et il n'en avait jamais assez.

Il voulait sentir sa chatte se contracter sur lui toute la nuit. Il resterait debout et la tiendrait là jusqu'à ce que ses bras lâchent, mais il ne la laisserait pas tomber. Il ne la laisserait jamais tomber.

Le paradis. Le paradis absolu.

— SOUVIENS-TOI de ce qu'on a travaillé, Shane. Réduis les coins. Bouche-moi ces jambières. Sors de ta tête et ne réfléchis pas trop. Les yeux sur le palet et garde ta zone de but dégagée.

Shane fit un signe de tête à chacun des points mentionnés par son entraîneur, s'assurant que Paul Collins savait qu'il écoutait même lorsqu'il faisait sa routine pré-match.

À sa grande surprise, il était le gardien de but titulaire pour le match de ce soir. L'entraîneur lui avait donné cette chance pour lui prouver ainsi qu'à son équipe qu'il le méritait et qu'il n'allait pas tout foutre en l'air.

Il avait déjà vérifié sa crosse et s'était assuré que son bouclier et son bloqueur étaient en bon état. Pareil pour son casque.

Il avait un rituel et Dieu interdisait à quiconque de se foutre de son rituel avant un match.

Debout devant la ligne, là où il avait été la plupart de la saison, Shane s'accorda cinq secondes pour penser à Bliss dans la foule. Pour se souvenir de la partie de jambe en l'air torride qu'ils avaient eu la veille de Noël.

Puis il remit tout ça dans cette boîte où il conservait tout ce qui n'était pas du hockey.

Il n'avait délibérément pas demandé où se trouvaient ses places quand il s'était assuré qu'on lui en mette deux de côté au guichet. Il ne voulait pas le savoir.

— Et Shane ?

Il tourna toute son attention vers l'entraîneur, oubliant tout le reste. Il était presque temps de se diriger vers la glace.

« Ne sois pas si concentré sur le résultat. Gère chaque moment comme il se présente. N'essaies pas de penser trop loin en avant. »

Oui, il pouvait le faire.

Respire profondément.

La musique lança le signal et il se mit à avancer, en entendant vaguement les autres gars derrière lui.

Mais il savait qu'ils étaient là. Il savait qu'ils avaient confiance en lui pour leur montrer la voie. Et il savait qu'ils formaient une sacrée bonne équipe.

Ses patins touchèrent la glace sous les acclamations des fans. Il entendit les cloches de vaches de l'équipe juste derrière lui et les chants des supporters à droite de son filet.

Comme toujours, il fit un tour de piste, tapa sa crosse en passant sur la ligne bleue, puis patina droit vers son filet.

C'était sa glace. Son filet. Son sport.

Il montrerait à tout le monde qu'il en était digne.

Deux mois plus tard

— C'était un grand match, Lissy. Merci de m'avoir emmené. On va rencontrer Shane maintenant ?

Mike n'avait pas cessé de parler toute la soirée, du moins depuis qu'ils avaient pris place dans la section au milieu de la patinoire.

Elle avait un peu peur que les autres personnes assises autour d'eux soient agacées par son bavardage constant. Mais elle s'était rendu compte au bout de cinq minutes que leurs sièges se trouvaient au milieu d'un grand groupe d'abonnés pour la saison — qui avaient été tout aussi bavards que son frère. Et aussi amicaux.

Ils l'avaient immédiatement mise à l'aise et cela lui avait permis de profiter du match.

Et cela avait été un grand match. Les Redtails avaient marqué quatre buts contre l'autre équipe, qui n'en avait marqué qu'un seul.

Shane avait été formidable.

Ces deux derniers mois, elle avait assisté à tous les matchs à domicile. Parfois, elle amenait son neveu, Dillon. Parfois, elle amenait une amie. Shane n'avait jamais demandé, mais il s'était toujours assuré qu'elle ait deux billets.

Et à chaque match, elle regardait Shane s'améliorer.

Non pas qu'il ait gagné tous les matchs. Il y eut quelques défaites assez brutales. Mais elles étaient peu nombreuses et très espacées. Et il était maintenant sur une série de cinq victoires.

Elle ne se faisait pas d'illusions en croyant qu'elle avait quelque chose à voir avec ça, sauf que le sexe avec elle permettait à Shane de sortir de sa tête entre les matchs et de se défouler. Et de son côté il la faisait gémir et jouir, parfois deux fois par nuit.

Rien que de penser à la nuit dernière, elle rougit et respira un peu plus fort. Mais pas seulement à cause du sexe.

Ces huit dernières semaines, leur relation était restée occasionnelle. Elle ne le retrouvait pas à la sortie des matchs. Ils ne passaient pas toutes les nuits ensemble. Ils ne pouvaient pas, simplement parce qu'il avait été sur la route pendant à peu près quatre semaines sur le lot.

Mais quand ils passaient la nuit ensemble, c'était toute la nuit. Et au cours des deux dernières semaines, ils avaient passé plus de nuits ensemble qu'ils n'en avaient passé séparément. Étonnamment, personne d'autre que CJ, le colocataire de Shane, ne savait tout le temps qu'ils passaient ensemble.

Puis la veille au soir, Shane lui avait demandé, presque trop simplement, si elle voulait aller manger un bout après le match d'aujourd'hui.

Elle avait pris quelques secondes pour réfléchir au bourdonnement dans sa tête avant de répondre.

— Bien sûr, avait-elle dit de la manière la plus détachée possible.

Alors aujourd'hui, pour la première fois, elle avait amené Mike. Parce que Shane avait changé les règles tacites de leur liaison sans en avoir discuté avec elle au préalable.

Elle avait donc amené Mike.

Mais pas parce que présenter Shane à son frère était un test, un test auquel beaucoup de gars avaient échoué. Non, ce n'était pas pour ça qu'elle avait amené Mike.

Maintenant, elle se tournait vers lui en souriant.

— Ouais. Shane va nous rejoindre et ensuite on va aller dîner. Elle regarda autour d'elle pour s'assurer qu'ils avaient tout. Mike était connu pour oublier ses affaires, surtout quand il était excité. Il faut qu'on descende maintenant.

Son frère maintint un flux de paroles constant alors qu'ils se dirigeaient vers les escaliers dont Shane lui avait parlé et qu'elle donnait leurs noms au gars de la sécurité. Après les avoir rayées de sa liste, il leur fit signe de descendre.

Descendre les marches c'était comme jeter un coup d'œil derrière le rideau de la scène, et elle ne pouvait pas s'empêcher d'être un peu excitée.

Lorsqu'ils atteignirent le bas de l'escalier, elle remarqua des paquets de gens qui se tenaient autour.

Plusieurs autres filles de son âge étaient en groupe, toutes, les yeux sur leur téléphone et parlant sans se regarder. Les petites amies des joueurs, supposait-elle. Une des filles était appuyée contre le mur et berçait doucement un landau, regardant alternativement le bébé et le couloir où Bliss supposait que les gars allaient apparaître.

Un couple qui ressemblait à des parents parlait doucement à l'entrée du couloir, et un trio de garçons plus jeunes était appuyé contre le mur opposé à celui de la jeune maman, en train de rire de quelque chose en secouant la tête.

La logorrhée de Mike s'était arrêtée pendant qu'ils descendaient, mais maintenant il ne pouvait plus contenir son excitation.

— C'est là le vestiaire ? Est-ce qu'on va rencontrer tous les gars ? C'est là qu'ils rangent la machine qui nettoie la glace ? Je me demande si on peut conduire ça dans la rue.

En général, le flot incessant de questions de Mike ne la dérangeait pas. Elle avait eu toute sa vie pour s'y habituer, mais elle savait que cela pouvait rendre d'autres personnes un peu dingues.

La mère du joueur sourit à Mike puis fit à Bliss un sourire qu'elle reconnut. Le sourire de commisération. Le père ne leur jeta même pas un coup d'œil. Elle pariait qu'ils avaient un membre de la famille handicapé, si ce n'était leur propre enfant, peut-être une nièce ou un neveu ou un frère ou une sœur.

Quelques-unes des filles les regardèrent, mais une seule d'entre elles établit un contact visuel et lui sourit. Les autres les ignorèrent immédiatement.

Mike ne remarquait jamais tout ça. Elle avait appris à se blinder au fil des ans. Mike n'était pas celui qui avait un problème.

« Regarde, Lissy, ils arrivent. »

Il avait parlé un peu plus fort que la normale et elle grimaça un peu.

— Oui, mais tu n'as pas besoin de crier, mon pote. Je t'entends très bien.

Mike fit une grimace.

— Désolé. Puis il tendit le doigt vers le couloir. C'est Shane ?

— Pas encore. Il a beaucoup de matériel à ranger. Il sera probablement l'un des derniers à sortir. Attendons là-bas, à l'écart.

Les gars sortirent par grappes. Plusieurs partirent ensemble, quelques-uns s'approchèrent des filles et partirent avec. Shane et un autre joueur sortirent enfin ensemble.

Il aperçut tout de suite Bliss et son sourire mit son corps en ébullition.

Qu'est-ce qu'il te prend de lui présenter ton frère ?

Bonne question.

Son regard passa d'elle à Mike et son sourire faiblit, mais seulement pendant une seconde, puis il sembla s'élargir à nouveau.

— Salut. Shane tendit la main à son frère. Je suis Shane.

Mike s'illumina et son sourire s'étira jusqu'à ce que Bliss pense que ses lèvres allaient se fendre.

— Salut, Shane. Je m'appelle Mike. Je suis le frère de Lissy. Superbe jeu. C'était tellement génial…

Alors que Mike continuait à radoter Shane ne cessa de le regarder dans les yeux et réussit à suivre sa conversation. Et Bliss réalisa, à ce moment précis, qu'elle était dans la merde.

Shane était le genre de gars qu'une fille voulait garder. Mais il quitterait Reading un jour. Et elle ne pouvait pas le suivre

Non, elle ne pouvait pas partir. Elle ne voulait pas. Si elle partait…

Mike se tourna vers elle avec un sourire qui lui fit mal au cœur. Malgré tous les retards de développement de Mike, la seule chose qui ne lui posait aucun problème, c'était le manque de sincérité des autres. Il avait été le premier à réaliser que son ex n'était pas le mec bien qu'il semblait être.

Personne n'avait remarqué la réticence de Mike à chaque fois que Rich avait été dans les parages. Probablement parce que Rich n'avait pas été souvent avec Mike. Avec le recul, elle s'était reprochée de ne pas avoir vu les signes avant-coureurs.

Mais elle avait été aveuglée par le sourire de Rich et par l'attention qu'il lui avait portée. Heureusement, elle avait mis fin à leur relation avant qu'il n'ait réussi à l'isoler de sa famille et de ses amis et à prendre le contrôle sur sa vie.

Il lui avait fallu six mois et, finalement, la menace d'une injonction d'éloignement pour qu'il la laisse tranquille.

Elle s'était reprochée d'être trop crédule et d'avoir laissé cet homme entrer dans sa vie. Et même si elle savait, savait *absolu-*

ment que Shane ne ressemblait en rien à son ex, il y avait toujours la crainte que quelque chose lui échappe, le concernant.

Tout ça à cause d'un connard.

Ce que Shane n'était absolument pas.

En continuant sa conversation avec Mike, Shane les fit se diriger vers la porte.

Juste avant qu'ils ne quittent le bâtiment, Shane attrapa sa main, en croisant ses doigts avec les siens.

Elle lui serra les doigts en retour et lui rendit le sourire rapide que Shane lui avait fait par-dessus l'épaule.

Son cœur fit un bond dans sa poitrine.

Et elle réalisa qu'elle avait peut-être fait une énorme erreur de jugement.

— BON, alors, ton frère. C'est un mec sympa.

Shane garda les yeux sur Bliss alors qu'elle traversait son appartement, en posant son sac à main sur le comptoir de la petite cuisine puis son manteau sur une des chaises de l'îlot central.

— Oui. Elle lui sourit par-dessus son épaule. Un des meilleurs que je connaisse.

— Il a eu un accident ou il est né handicapé ?

Elle secoua la tête, son sourire s'estompant un peu à mesure qu'il s'approchait.

— Il s'est développé normalement jusqu'à l'âge de dix-huit mois environ. Et puis ma mère a remarqué qu'il ne faisait pas certaines choses. À ce moment-là, elle était enceinte de moi. Tout ce qu'on sait, c'est que ce n'est pas génétique.

Lorsqu'il atteignit le comptoir, il s'arrêta à quelques centimètres d'elle. Elle avait le dos tendu et les yeux rivés sur lui.

Il savait que cette soirée avait été un test. Il savait instinctivement qu'elle n'avait pas présenté Mike à la plupart des hommes avec qui elle était sortie. Et il le savait parce que Mike le lui avait dit quand Bliss était allée aux toilettes pendant le dîner.

— Il a l'air... de bien se connaître.

Elle hocha la tête et son sourire réapparut.

— Parfois, je pense qu'il est la personne la plus intelligente que je connaisse. Il n'y a pas de faux-semblant avec Mike. Ce que tu vois, c'est ce que tu as. C'est certainement la personne la plus gentille aussi. Et il sait très bien jauger les gens.

Quelque chose dans la façon dont elle dit ça fit vibrer son radar.

Depuis le mariage qui n'en était pas un, il avait réalisé que malgré son ouverture d'esprit, elle avait un rempart autour du cœur. Un mur qu'elle semblait seulement ouvrir à sa famille. Il ne savait pas pourquoi le mur était là, mais il pouvait le deviner. Elle avait déjà été blessée. Probablement assez gravement.

Et s'il voulait se rapprocher d'elle, il devait franchir ce mur.

La question était de savoir s'il le voulait vraiment.

Il pensait connaître la réponse.

La veille, la réponse avait été non. Cette affaire était censée être amusante. Pas un engagement à vie. Excitante tant qu'elle durerait, mais belle et bien finie quand elle aurait fait son temps.

Et pourtant...

Il lui avait demandé d'aller dîner avec lui ce soir. Et elle avait amené son frère.

— Shane ? Elle fronça les sourcils. Est-ce que tout va bien ?

C'était le cas jusqu'à hier soir, quand il avait réalisé qu'il voulait la sortir après le match. Il voulait la voir l'attendre dans le hall.

Et il se demandait ce que ça ferait de la voir là tous les soirs. Peu importe dans quelle patinoire il jouait, dans quelle ville, dans quel État. Il voulait que son visage soit la première chose qu'il voie après un match.

Il secoua la tête.

Merde.

« Shane ? Elle pencha la tête sur le côté. Qu'est-ce qui ne va pas ?

— Depuis combien de temps Mike vit-il à côté ?

Son sourire réapparut.

— Presque un an. Il a fait mieux que ce que l'on attendait de lui. Enfin, je savais que ça se passerait bien mais mes parents... ils étaient inquiets.

— Tu t'assures qu'il va bien, n'est-ce pas ?

Elle haussa les épaules comme si ce n'était rien.

— Bien sûr. C'est à ça que sert la famille. Je ne peux pas imaginer être si loin d'eux tout le temps. Ta famille te manque ?

Il acquiesça.

— Mais je sais qu'il suffit que je les appelle si j'ai besoin d'eux.

Elle releva légèrement le menton.

— J'aime savoir que les miens sont à vingt minutes de moi.

Il appuya la hanche contre le comptoir et la vit prendre une profonde inspiration, comme si sa proximité la gênait.

C'est bon à savoir.

— Tu ne veux pas voyager ? lui demanda-t-il. Partir et voir du pays ?

— Bien sûr. Un jour.

— Si je ne suis pas appelé l'année prochaine par la LNH, j'ai pensé à jouer à l'étranger.

Elle cligna des yeux.

— Ah bon ? Je suppose... que je n'avais pas réalisé que c'était une option. Je veux dire, j'adorerais voyager, mais être loin de ma famille aussi longtemps... Combien de temps tu resterais ?

— Les saisons sont plus courtes là-bas et on joue moins de matchs, mais au moins sept, huit mois.

Il vit qu'elle cherchait une réponse appropriée, et comment elle se força à sourire quand elle réalisa qu'il la regardait.

— Cela semble être une belle opportunité, surtout si tu aimes voyager.

— Et pas toi ?

Son sourire devint doux-amer.

— Si bien sûr. Un jour. Mais pour l'instant, j'ai un travail, un appartement et des factures à payer.

Des liens qu'il n'était pas sûr qu'elle voudrait un jour rompre.

Peut-être que c'est un signe que tu es en train de perdre pieds, mec.

Et il était peut-être temps qu'il commence à faire face à ses propres problèmes au lieu d'en créer de nouveaux avec une fille qui n'a jamais été censée être autre chose qu'une distraction.

Il remettait son jeu sur les rails. L'équipe était sur le point de décrocher une place en série éliminatoire. L'entraîneur des gardiens de but du club d'origine était venu travailler avec lui et Nate à plusieurs reprises au cours du mois précédent et semblait heureux de ce qu'il avait vu.

Ce n'était pas le moment de s'accrocher à une fille d'ici.

Et si tu étais déjà accroché ?

— Shane ?

Il revint soudain à leur conversation. Bon sang. Il avait tout fait foirer. Genre, il avait sérieusement foiré leur relation sans attache au point de ne pas savoir comment réparer ça.

Mais il savait une chose.

Il tendit la main et la posa sur son cou, l'attira à lui et l'embrassa jusqu'à ce qu'aucun des deux n'ait plus les idées claires.

Lorsqu'il s'écarta, ayant enfin besoin de respirer, il s'assura qu'elle le regardait avant de lui dire :

— J'espère que tu as assez dormi la nuit dernière, ma jolie. Parce que je ne pense pas que tu dormiras cette nuit.

Elle ne dit rien mais elle avait ce regard, celui qui disait qu'elle venait d'accepter son défi.

Mettant sa main sur son érection, elle s'assura qu'il ne la quittait pas des yeux alors qu'elle se mettait à genoux devant lui.

Et elle lui montra exactement pourquoi elle le menait par le bout du « nez ».

* * *

— CONRAD, l'entraîneur veut te voir.

Shane releva la tête d'un coup lorsque la voix de l'entraîneur adjoint Novak passa au-dessus du bruit des vestiaires.

Les gars étaient excités. Jake avait marqué le seul but du match de ce soir, et Shane avait eu son premier blanchissage [1] en LAH. Son visage lui faisait mal à force de sourire, mais il n'était pas prêt de s'arrêter.

Les Redtails allaient décrocher une place en série éliminatoire. Il pouvait pratiquement en sentir le goût.

Les gars avaient prévu d'aller au *Third and Spruce* pour fêter ça et il serait là.

Et il ne voulait pas y aller seul. Il voulait que Bliss soit avec lui.

Le problème, c'est qu'il ne savait pas s'il devait lui demander. Il ne l'avait pas vue depuis le dernier match, quand ils étaient sortis manger avec son frère.

Et après quoi elle l'avait époustouflé quand elle s'était jetée sur lui.

L'équipe avait joué cinq matchs à la suite en extérieur, donc ils étaient partis pendant presque deux semaines.

Ils s'étaient envoyés des SMS et s'étaient parlé plusieurs fois au téléphone, mais les choses avaient changé. Elle avait semblé distante. Comme si elle s'éloignait de lui.

Merde.

— J'arrive dans une minute, cria-t-il en retour et il vit Novak hocher la tête avant de disparaître par la porte.

Il ne savait pas ce que le coach voulait, mais la date limite pour échanger des joueurs était passée, donc il ne pensait pas qu'il serait envoyé quelque part. Surtout pas après le match de ce soir. Il avait été partout dans la zone de but. Concentré. Préparé. Il avait été à la hauteur de son surnom, *Le Mur de brique.*

Il avait déjà pris une douche, il n'avait plus qu'à mettre ses vêtements et à dégager ses cheveux mouillés de son visage avant d'entrer dans le bureau.

Il se figea dans l'embrasure de la porte lorsqu'il vit Mark Arrons, le directeur général de l'équipe, en plus de l'entraîneur.

— Shane. Entre. L'entraîneur lui fit signe d'avancer. Ferme la porte.

Il suivit les ordres sans un mot mais son cœur battait contre ses côtes.

— Salut. Ça va ?

Lorsque Mark sourit Shane se remit à respirer.

— Je viens de raccrocher avec le coach Angstadt. Tu dois être à Philadelphie demain matin. Gragnani est blessé. Tu seras le remplaçant de Stanton pour le match de demain. Félicitations, Shane.

Deux pensées lui passèrent par la tête.

Putain c'est ouf, fut la première.

C'était l'appel dont il rêvait depuis qu'il était assez vieux pour savoir ce qu'était la LNH.

La seconde... *Merde, je ne veux pas quitter mon équipe.*

Sorti de ses pensées, il serra la main de Mark puis celle du coach Scott.

— Merci. Vous savez combien de temps je vais y rester ?

L'entraîneur sourit.

— Franchement, je ne sais pas. Je sais seulement que la blessure de Gragnani est dans la partie inférieure du corps. Tu pourrais être là-bas pour un match, ou pour quelques semaines. Pas moyen de savoir.

Des semaines ? Merde.

— Oui, monsieur.

— Tu seras probablement sur le banc tout le temps, mais soit bien attentif. Écoute. Regarde. Apprends. Même si tu ne joues pas, c'est une opportunité pour montrer ton engagement. Quand tu reviendras, je m'attends à ce que tu sois bien meilleur. Bonne chance.

— Merci, Monsieur.

L'entraîneur lui frappa l'épaule.

— Maintenant, sors et va faire la fête. Tu as fait un sacré bon match ce soir. Mais ne sois pas en retard pour l'entraînement du matin.

BLISS COMPRIT TOUT à la mine de Shane. Quelque chose avait changé.

Elle ne l'avait pas vu depuis deux semaines et elle avait essayé de se dire que cela n'avait pas d'importance.

Menteuse.

Elle déglutit, retint son souffle et se força à sourire.

Lorsqu'il lui avait tendu les bras dans le couloir de la patinoire, elle s'était immédiatement jetée contre lui et l'avait serré fort avant de s'écarter.

Et il lui avait semblé qu'il la retenait... ou alors elle avait rêvé.

— Tu as été incroyable ce soir. Félicitations.

— Merci. Je me suis senti… sacrément bon !

Et elle se sentait sacrément bien, appuyée contre lui. Mais il y avait quelque chose.

— Hé, dit-il. On peut parler une seconde ?

Elle eut l'impression que quelqu'un venait de mettre sa poitrine dans un étau et avait commencé à tourner les vis.

Non, elle refusait de se laisser emporter par quelque chose qu'elle avait senti venir.

Et c'était ça. Elle en était sûre. Il allait lui dire qu'il ne voulait plus la voir. Que l'équipe devait passer en premier, qu'il devait se concentrer sur les éliminatoires et qu'il n'avait pas de place pour elle. Pas en ce moment.

Et elle allait hocher la tête, sourire et dire qu'elle comprenait tout à fait. Parce que c'était vrai. Elle savait déjà que cette relation n'allait nulle part quand elle avait commencé. Elle avait refusé de s'impliquer pour ne pas être dévastée.

— Bien sûr. Tu veux… Elle indiqua un coin tranquille, loin des autres petites amies.

— Ouais. C'est bien.

En posant sa main sur son coude, il l'entraîna plus loin dans le couloir, jusqu'à ce que le seul son qu'elle puisse entendre soit le bourdonnement des machines de refroidissement.

Puis ils s'arrêtèrent et elle leva les yeux sur lui.

Et le sourire sur son visage lui coupa le souffle.

— J'ai été appelé. Je dois être à Philadelphie pour l'entraînement du matin, puis je serai le remplaçant de Stanton pour le match.

Le temps se figea pendant une très courte seconde pendant qu'elle réfléchissait à ces simples paroles.

J'ai été appelé.

Elle cligna des yeux et aspira de l'air. Geste qu'elle espérait qu'il interpréterait comme une surprise. Parce que c'était le cas. Mais c'était beaucoup plus aussi.

Et même si son sourire lui revint naturellement, elle ne pouvait pas s'empêcher de se sentir comme si elle avait reçu un coup de pied dans le ventre.

— Oh mon Dieu. Shane. C'est merveilleux.

Et c'était le cas. C'était incroyable.

Elle enroula ses bras autour de ses épaules et le serra contre elle. Et quand ses bras l'entourèrent et s'accrochèrent à elle, elle sut pourquoi elle avait l'impression de le perdre.

Parce que c'était comme un adieu.

En s'écartant, elle garda un sourire figé, même si elle n'avait pas besoin de se forcer.

Elle était si heureuse pour lui. Et si pathétiquement désolée pour elle-même.

Ce qui était totalement nul. Elle savait que cette liaison avait une date d'expiration. Elle ne s'attendait pas à ce que ce soit avant la fin de la saison cependant.

Idiote.

— Alors, tu pars quand ?

— Comme je t'ai dit, je dois être à Philadelphie demain pour l'entraînement du matin, puis je serai sur le banc pour le match. Je ne jouerai pas à moins qu'il n'arrive quelque chose à Stanton. Je ne descendrai probablement pas sur la glace pendant le match mais c'est une chance pour moi de m'entraîner avec l'équipe, de connaître un peu mieux leurs entraîneurs. Je sais que ce ne sera pas permanent, du moins pas tout de suite. Je veux dire, je veux vraiment être de retour pour le prochain match ici. Dans l'état actuel des choses, les Colonials ne vont pas faire les éliminatoires, donc je serais probablement de retour de toute façon mais...

— C'est ton équipe. Elle comprenait. Du moins, elle le comprenait. La façon dont il pensait. En peu de temps, elle avait appris à lire en lui comme un livre ouvert. *Danger* aurait dû clignoter au-dessus de la tête de Shane.

Tu ne peux pas t'effondrer maintenant.

Ce n'était pas le marché qu'elle avait conclu avec elle-même. C'était amusant. C'est tout. Ils ne s'étaient pas fait de promesses, n'avaient jamais parlé de ce qui se passerait après la saison. Pour ce qu'elle en savait, il n'y avait même pas pensé. Elle s'était juste dit qu'ils reprendraient chacun leur propre chemin.

Il hocha lentement la tête.

— Ouais. C'est mon équipe. Je pense qu'on va aller jusqu'à la Calder Cup cette année.

— Eh bien il faut que tu ailles fêter ça avec l'équipe.

Il plissa les yeux.

— Je veux que tu sois là.

Son cœur fondit devant son insistance.

— Bien sûr. On y va ?

— Ouais. J'ai dit aux autres gars qu'on les retrouverait au bar.

Elle sourit davantage.

— Alors allons-y et amusons-nous bien.

Il se pencha pour l'embrasser, la prenant un peu au dépourvu et lui coupant le souffle.

— Toujours, quand tu es là.

Son cœur lui pinça un peu mais elle refusa de céder à la douleur qui voulait s'épanouir.

Il n'avait jamais été à elle. Elle devait commencer à le laisser partir.

Maintenant.

SHANE DONNAIT du plaisir à Bliss et c'était comme une sorte d'ivresse permanente dont elle craignait être devenue dépendante.

— Plus vite. Shane, s'il te plaît.

— Pas question. Il ralentit encore plus, si c'était possible. Tu vas encore jouir.

Considérant qu'il l'avait déjà fait jouir deux fois au cours des quinze dernières minutes, elle savait que ce n'était pas une vantardise inutile.

Parfois, il lui suffisait de quelques mots, prononcés de cette manière grave et bourrue qu'il avait lorsqu'il était en elle, pour la faire basculer.

Elle enfonça ses ongles dans ses épaules et lui griffa le dos, provoquant un gémissement mais sans qu'il augmente son rythme.

La patience de cet homme l'épuisait. Et son endurance... Elle pourrait aussi bien céder et admettre la défaite.

Mais pas tout de suite.

En tournant la tête, elle lui mordit le cou, une morsure qui lui donna faim.

— Merde.

Il poussa les hanches vers l'avant, pressant sa queue plus profondément en elle et lui faisant serrer davantage les cuisses contre ses flancs.

Elle le mordit à nouveau en gémissant, cette fois au menton. Il comprit l'allusion et baissa la tête pour l'embrasser.

Sa bouche se referma sur la sienne, lui dérobant son souffle alors que sa langue glissait contre la sienne, la persuadant de jouer avec.

Envahie par la sensation, elle explosa au coup de reins suivant quand il appuya sur son clitoris.

Elle se contracta autour de lui et elle sentit sa queue se gonfler encore et palpiter en elle.

Il se pencha en grognant jusqu'à ce que leurs fronts se touchent et il resta là pendant plusieurs secondes, en respirant fort.

Lorsqu'il sembla enfin reprendre son souffle, il roula sur le côté, l'entraînant avec lui jusqu'à ce qu'elle s'allonge sur sa poitrine. Sa bite ramollie restait en elle, comme si son corps ne voulait renoncer à aucune partie de lui.

Étalée sur lui elle ne voulait que rester là pour le restant de la nuit.

— Je devrais y aller, dit-elle plutôt. Tu dois te lever tôt. Tu ne peux pas être en retard demain.

Il resta silencieux pendant quelques secondes encore.

— Reste.

Comment pouvait-il demander cela ?

Faisant disparaître en clignant des yeux, les larmes chaudes qui lui venaient, elle lui fit un baiser sur son pec gauche se força à sourire, même si elle n'était pas sûre qu'il puisse la voir.

— Je ne peux pas. Tu as besoin d'une bonne nuit de sommeil. Demain c'est un grand jour pour toi.

— Ce n'est pas comme si j'allais jouer. La seule fois où je verrai la glace, ce sera à l'entraînement du matin et aux échauffements. Ensuite, je serai sur le banc pour tout le match.

— Et tu sais que cela n'a pas d'importance. Tu dois faire bonne impression et tu ne le feras pas si je te distrais toute la nuit.

Elle leva les yeux et se força encore à sourire en espérant que l'obscurité l'empêche de voir comme elle était nerveuse. Puis, comme elle ne pouvait pas se retenir, elle frotta son nez contre le sien, puis pressa ses lèvres contre les siennes dans un rapide baiser.

Avec un soupir qu'elle n'eut pas à feindre, elle roula sur le côté et glissa du lit, puis attrapa ses sous-vêtements sur la chaise à côté de la porte.

Elle sentit son regard sur elle pendant qu'elle s'habillait.

— Je devrais être de retour après-demain, dit-il. Jeudi. On a un match vendredi. Je vais laisser des billets pour toi et Mike.

— Super.

Même si elle savait qu'elle n'irait probablement pas les récupérer, car elle ferait en sorte d'avoir un empêchement.

— Bliss.

Shane était à genoux et il se pencha en avant pour attraper son bras avant qu'elle ne puisse s'échapper.

— Tu regarderas le match demain soir ?

Comme il semblait ne pas le croire, elle se retourna, lui tenant la mâchoire dans la main et frottant son pouce sur la peau qu'il n'avait pas rasée depuis des jours. Elle devait admettre qu'elle aimait ça.

— Bien sûr que je vais regarder. Je ne manquerais ça pour rien au monde.

— Et je te verrai à mon retour.

Elle garda son sourire.

— Ouais.

Comme elle ne pouvait pas s'en empêcher, elle se pencha pour l'embrasser à nouveau.

— Bonne chance pour demain, même si tu n'en as pas besoin. Tu n'aurais pas reçu l'appel s'ils ne savaient pas déjà à quel point tu es bon.

Dans la faible lumière, elle pouvait juste voir la courbe de ses lèvres lorsqu'elle s'éloigna du lit.

« Amuse-toi bien, Shane. Et n'oublie pas de respirer. »

SHANE SE RÉVEILLA le lendemain matin avec un nœud dans l'estomac et l'envie incroyable d'appeler Bliss pour lui dire qu'il voulait qu'elle vienne avec lui à Philadelphie.

Ce qui était stupide. Elle devait travailler et il n'avait pas besoin de distractions.

Il mangea, vérifia son équipement deux fois, chargea tout

dans son pick-up puis retourna à l'intérieur pour s'assurer qu'il n'avait rien oublié.

Il savait qu'il n'avait rien oublié, mais il devait en être sûr.

Il était à la porte d'entrée, prêt à sortir avec une deuxième bouteille d'eau à la main quand il entendit CJ.

— Hé, mec. Mets-leur une trempe !

CJ se tenait sur le seuil de sa chambre, un caleçon couvrant à peine ses parties, les cheveux dressés sur toute un côté et plats de l'autre.

— Je ne vais pas jouer, tu le sais. Mais merci.

— Oui, je sais. Mais quand même. Et mec, ne le prends pas mal, mais j'espère vraiment qu'ils te renverront pour le week-end.

En hocha la tête, Shane tendit la main et attendit que CJ s'avance pour cogner son poing.

— Est-ce que tu as mis ton réveil pour me voir avant que je parte ?

CJ fit une grimace et Shane eut l'impression qu'il avait rougi.

— Va te faire foutre.

— Je suis touché, mec.

— Ta gueule. Amuse-toi bien. À bientôt, on se voit quand tu rentres.

Shane se retourna vers la porte mais avant de partir, CJ dit : « Attends ! »

— Quoi ?

— Est-ce que Bliss est dans ta chambre ? Parce que, bon tu vois quoi, je voudrais pas qu'elle m'aperçoive tout nu et qu'elle te largue. *Connard.*

— Non, tu es en sécurité. Elle est rentrée chez elle hier soir. Avant que tu ne titubes jusqu'à ta chambre.

Les yeux de CJ se rétrécirent mais il ne dit rien là-dessus.

— Très bien. Bon voyage, mec. Et ne laisse pas cette merde te monter à la tête.

Shane partit le sourire aux lèvres, mais celui-ci disparut quelques minutes plus tard.

Son estomac se ratatina lorsque ses nerfs commencèrent à faire des leurs, mais il mit à profit ses années d'entraînement pour se ressaisir.

Lorsqu'il atteignit le centre d'entraînement de l'équipe au nord-est de Philadelphie, il avait déjà repris le contrôle.

C'est pour cela qu'il s'était entraîné depuis l'âge de cinq ans.

Comme il y était déjà venu en camp d'entraînement d'avant-saison, il savait où se garer. Après s'être fait connaître auprès du gardien, il prit son équipement à l'arrière du pick-up et se dirigea vers les vestiaires.

Il n'était pas le premier arrivé.

— Conrad. Ravi de te voir. Comment ça va ?

Stanton se détourna de son casier devant lequel il avait enfilé son pantalon antichocs, et il s'avança en souriant, la main tendue.

Shane la lui prit tout en faisant un signe de tête.

— Pas mal.

— Les Reds vivent une année d'enfer et toi aussi. Félici-tations.

Avec son mètre quatre-vingt, Stanton était plus petit que Shane, mais le type pesait près de dix kilos de plus, tout en muscles. Il était surnommé Tank en raison de son jeu aux avan-cées imparables.

— Merci. L'équipe s'est bien soudée cette année. On a hâte d'aller en finale.

Stanton fit un sourire tordu.

— Ça va être nul si tu es coincé ici sur le banc. Entre toi et moi, la blessure de Gragnani ne va pas le retenir plus longtemps que ce soir, donc tu rentreras vite chez toi. Il fait sa chochotte à propos d'un étirement d'un muscle de sa jambe. Stanton secoua la tête. Mais je ne t'ai rien dit. Bon sang, ce type a presque trente-trois ans. Je suppose que je devrais le laisser un peu tranquille.

Shane hocha la tête en souriant.

— Merci pour le tuyau.

— Pas de problème. Stanton se retourna vers son casier et commença à mettre ses protections. Quand tu retourneras chez toi, dis bonjour au coach Scott de ma part.

C'est vrai. Stanton avait été le meilleur gardien de but des Redtails avant d'être appelé chez les Colonials deux ans auparavant.

— Je n'y manquerai pas.

— Bien, une tête passa la porte, tu es là tôt. Toi et moi on va passer un peu de temps ensemble ce matin. J'ai regardé tes vidéos hier soir. On a quelques trucs à revoir. Habille-toi et je te retrouve sur la glace.

Shane fit face à l'entraîneur des gardiens de but, Gary Ellis. Ce bulldog d'un mètre quatre-vingt-cinq avait produit certains des meilleurs gardiens de but de la ligue. Ancien gardien de but, il avait une bague de la Coupe Stanley et la réputation d'être bourru, intransigeant, et sans doute l'un des meilleurs de tous les temps.

Puis il disparut dans le couloir.

Et Shane prit une profonde inspiration. Et une autre.

Puis il commença à se déshabiller pour pouvoir se préparer à son premier entraînement en LNH.

— LISSY, dépêche-toi, le match commence !

— J'arrive, Mike. Et mon appartement n'est pas si grand. Tu

n'as pas besoin de crier. En plus, le match ne commence que dans une demi-heure.

— Oui, mais ils parlent des joueurs et ils pourraient dire quelque chose sur Shane.

Son cœur battit la chamade à cette pensée. Elle était tellement excitée pour lui.

Et tellement désolée pour elle-même. Quelque chose qu'elle n'admettrait jamais devant personne d'autre.

Assise à côté de son frère sur son canapé devant la télévision, elle écoutait les bavardages presque haletants de Mike sur tout, de la façon dont les tenues des Redtails utilisaient les mêmes couleurs que ceux des Colonials à la façon dont les annonceurs étaient habillés.

« ... Et avec Stanton, le remplaçant de Gragnani ce soir sera Shane Conrad, qui est arrivé ce matin de chez les Redtails de la LAH... »

Alors que Mike émettait un cri, Bliss augmenta le volume pour s'assurer qu'ils ne ratent rien.

... Conrad a passé une excellente année, mais je doute que nous puissions le voir ce soir, car Stanton sera dans le filet...

Et c'est tout ce qu'ils entendirent à propos de Shane. Mais elle ne put s'empêcher de verser une larme en entendant son nom. Elle dut respirer fort en espérant que Mike ne regarde pas sur le côté et ne la voie essayer de retenir ses larmes.

Bon sang. Elle avait enfreint sa propre règle.

Tout ce truc de ne pas s'impliquer ? Ça n'avait pas vraiment marché, n'est-ce pas ?

Maintenant, elle n'avait personne à blâmer à part elle-même.

Et si c'était lui le bon ?

Elle jeta un coup d'œil à Mike. Que se passerait-il si elle et Shane essayaient vraiment de faire fonctionner une relation ? Sa carrière pourrait le mener n'importe où en Amérique du Nord.

Qu'est-ce qu'elle ferait s'il était appelé ? Si on l'échangeait avec Winnipeg, Los Angeles ou Dallas ?

Abandonnerait-elle son appartement, son travail, sa vie, et le suivrait-elle ?

Eh, tu ne vas pas un peu trop vite ? Le mec ne t'a même pas demandé d'emménager avec lui, et encore moins de passer le reste de ta vie avec lui.

Et est-ce que cela faisait partie du problème ? C'est ce qu'elle attendait de lui ? Est-ce que c'était ce qu'elle voulait ?

Peut-être qu'elle avait besoin de le découvrir par elle-même d'abord.

— SALUT, Bliss. Je serai à la maison ce soir. Tu m'as manqué. Tu fais quoi pour le dîner ? J'aimerais vraiment te voir.

Bliss avait manqué l'appel de Shane. Elle était avec une cliente et n'avait pas pu prendre son téléphone. Cette cliente était restée là encore quinze minutes après la fermeture et Bliss avait été en retard pour son rendez-vous à dîner.

Ce qui n'expliquait pas pourquoi elle ne lui avait pas répondu hier soir. Oh, bien sûr elle l'avait félicité après le match. Elle l'avait appelé et lui avait laissé un message juste après alors qu'elle savait qu'il serait encore dans les vestiaires et incapable de répondre au téléphone.

Lâche.

Mais elle n'avait pas répondu à l'appel qu'il avait laissé vers 22h30. Elle pouvait facilement s'expliquer. Elle s'était couchée tôt. C'était vrai. Et si elle avait peut-être aussi essayé de ne pas pleurer, eh bien, personne n'avait besoin de le savoir.

Ce soir, elle avait l'excuse parfaite. Elle était « sortie avec des amies » et s'il était intelligent, il ne la dérangerait pas. Cela faisait partie du manuel des mecs, n'est-ce pas ? Règle n° 1 : Ne pas interrompre une fille quand elle est avec ses copines.

— Waouh ! Je sais pourquoi on me reproche de faire souvent la gueule, mais je ne t'ai jamais vue faire une tête pareille.

Faith leva un sourcil en face de la table, dans la taverne grecque située en bas de la rue de son magasin nuptial.

Bliss soupira et prit une gorgée de son vin.

— Je sais. Mais peut-on attendre Sophie pour que je n'aie pas à me répéter ? Elle et son père devraient avoir fini de se disputer dans une minute.

Bliss avait aidé Sophie Tsoukalos, la fille du propriétaire de la taverne, à trouver une robe pour l'inauguration de la taverne quelques mois auparavant, et depuis lors, Bliss s'arrêtait pour prendre un verre chaque fois qu'elle voulait parler à Sophie. La personnalité ensoleillée de cette fille attirait les gens comme les ours vers un pot de miel.

La seule personne avec laquelle Sophie se disputait était son père, Spiro. Ils se disputaient en grec dans la cuisine, et ça, au moins deux fois par jour. C'était peut-être exagéré, mais Bliss ne le pensait pas. Et quand ça avait bien pété, comme ce serait le cas dans quelques minutes, la vie reprenait son cours.

Bliss ne pourrait pas vivre comme ça. Sophie semblait s'y épanouir.

— ça va si mal ?

Bliss fit la grimace, sachant que ses problèmes n'étaient rien comparés à ceux de Faith, qui lui avait fait comprendre que si elle recevait ne serait-ce qu'un soupçon de pitié de sa part, elle s'en irait.

Alors elle soupira à nouveau.

— C'est juste que...

— Je suis sûre que cet homme va faire un infarctus et que mes sœurs vont toutes m'en vouloir. Sophie poussa la porte battante de la cuisine puis s'empressa de s'appuyer sur le bar devant Bliss and Faith. Ses longs cheveux noirs tombaient sur une épaule, ses yeux sombres étaient grands et curieux. Bon, qu'est-ce qui t'arrive ? Je vois bien que tu es malheureuse. Que t'a fait cet homme ?

Bliss plissa le nez.

— Comment sais-tu que c'est un homme ?

Sophie leva les yeux au ciel.

— Oh s'il te plaît. Ce n'est certainement pas ta tête de « J'ai dû me taper une future mariée sur les nerfs ». C'est ta tête de « Un homme m'a fait du mal ». Crache le morceau !

Le visage de Bliss s'affaissa encore.

— Franchement ? Je pense que c'est moi qui lui ai fait du mal. Il faut que je rompe avec Shane et je ne sais pas comment.

Sophie et Faith restèrent totalement silencieuses, l'air choqué.

« Quoi ? Pourquoi vous me regardez toutes les deux comme ça ? »

Les deux autres jeunes femmes échangèrent un regard, puis Sophie tendit la main par-dessus le bar et lui tapota la main.

— Qu'est-ce qu'il a fait ? Il a forcément dû faire quelque chose si tu veux rompre. Je veux dire... sérieusement, je croyais qu'il te plaisait bien. Enfin, qu'il te plaisait *vraiment beaucoup*. Pourquoi veux-tu rompre ?

— Parce que la saison va se terminer et qu'il va partir. Peut-être qu'il reviendra l'année prochaine ? Peut-être qu'il ne reviendra pas ? Et je ne peux pas le suivre partout comme une groupie. Enfin je veux dire, j'ai un travail et un appartement et que se passerait-il avec Mike si je déménageais ? Ma vie est ici.

Elle leva les yeux et vit ses amies qui la regardaient les sourcils levés.

Alors elle continua. « Et ce n'est pas comme s'il m'avait demandé de tout abandonner et de le suivre partout. Je veux dire, il est probablement juste là pour le sexe et quand la saison sera terminée, il me larguera de toute façon. Donc si je le largue maintenant, je lui évite les tracas.

Sophie et Faith échangèrent un autre regard avant que Faith ne dise :

— On dirait que tu y as beaucoup réfléchi.

En haussant les épaules, Bliss évita leur regard en prenant une autre gorgée... OK, elle finit son verre de vin.

— Peut-être. Peut-être plus que je n'aurais pas dû ?

Sophie prit le vin sous le bar et remplit le verre de Bliss.

— Je n'avais pas réalisé que c'était devenu si sérieux.

Bliss fronça les sourcils.

— ça ne l'est pas. Enfin... Je ne... Oh bon sang. Elle ferma les yeux et baissa la tête. Je n'en ai pas la moindre idée. Je sais juste qu'il vaut mieux en finir maintenant avant que l'un de nous ne s'implique trop.

Faith soupira, l'air amusé.

— Ouais. *Avant* que tu ne t'impliques trop ? Je pense que tu as dépassé ce stade, ma chérie, mais tu n'as probablement pas tort. Si tu sais que tu vas y mettre fin, mieux vaut le faire avant d'être vraiment blessée.

Sophie regarda Faith puis Bliss, en secouant la tête.

— Eh ben, rien qu'à vous écouter vous deux je jure de ne plus avoir de relations amoureuses. Et je comprends. Enfin, je comprends la raison de Faith. Je pense vraiment que tu devrais castrer ce salaud si jamais tu le revois. La déclaration de Sophie était d'autant plus choquante qu'elle souriait, mais Bliss... bon sang, qu'est-ce qui t'a rendue si cynique ?

Posant la main sur sa joue, elle grimaça en regardant Sophie.

— Je suis peut-être sortie avec un type qui est devenu un connard capable de violences psychologiques ?

Sophie eut l'air choqué et Bliss leva la main.

« En toute justice, il n'a pas commencé comme ça. Il a trompé tout le monde. Sauf mon frère. Mike l'a tout de suite cerné. J'ai mis un peu plus de temps à le réaliser, mais quand je l'ai fait, je suis partie ».

Et elle n'avait pas eu de relation sérieuse depuis. Mais cela ne signifiait pas qu'elle n'avait pas raison de mettre fin à sa relation avec Shane. Ce n'était pas parce qu'elle avait peur. C'était parce que c'était la bonne chose à faire.

Des conneries tout ça.

Elle voulait dire à cette petite voix sarcastique dans son cerveau d'aller se faire foutre, mais cela pourrait prouver qu'elle avait vraiment tort dans sa tête.

Et qu'elle avait tort de renoncer à Shane.

Merde.

— Je n'ai pas rencontré le gars, donc je n'ai pas la moindre idée de ce qu'il est. Sophie reconnut le groupe qui poussait la porte d'entrée en faisant un signe de la main. Mais Bliss, la façon dont tu parles de ce mec... tu devrais peut-être y réfléchir à deux fois.

Sophie alla installer le groupe, laissant Faith et elle seules.

— Et toi ? Qu'en penses-tu ?

— Je pense que tous les hommes sont des connards qui finissent par vous arracher le cœur. Faith haussa les épaules. Mais ce n'est que mon opinion.

Après quelques secondes, Bliss acquiesça.

— Non, j'ai raison. Il vaut mieux rompre maintenant avant que ça n'aille plus loin.

Et elle espéra qu'elle ne regretterait pas sa décision plus tard.

CHAPITRE SEPT

— Salut, Shane, désolée de ne pas t'avoir rappelé plus tôt. J'ai eu un million de choses à faire.

Et apparemment, l'appeler n'en faisait pas partie.

Shane hocha la tête tout en sachant qu'elle ne pouvait pas le voir. Il savait aussi qu'il se passait quelque chose.

Il avait eu un mauvais pressentiment deux soirs auparavant, quand elle n'avait pas rappelé après le match. Oui, elle lui avait envoyé des SMS mais il voulait entendre sa voix.

Et puis hier, elle l'avait encore envoyé bouler avec un SMS.

Elle appelait finalement mais il réalisa qu'il n'avait pas envie de lui parler. Parce qu'il savait ce qu'elle était en train de faire.

Il ne savait tout simplement pas pourquoi. Il avait quelques idées, mais...

Bon sang. Il serra la mâchoire.

— J'ai pensé qu'on pourrait dîner après le match ce soir, dit-il.

Silence. Puis :

— Je pense pas que je vais pouvoir venir au match ce soir.

Bon sang. Allait-elle vraiment le faire maintenant ?

Il soupira.

— Quelque chose ne va pas ?

Une autre pause.

— Non, tout va bien. C'est juste que... je ne peux pas venir ce soir. Tante Rosie et moi nous préparons un salon du mariage pour dimanche et il y a tellement de choses à faire d'ici là. Et le magasin est ouvert demain et bien sûr, nous avons trois essayages et un entretien avec une nouvelle cliente. Et dimanche, ça va être la folie. Un des mannequins s'est désisté et si nous ne trouvons personne, je devrai intervenir, ce qui implique de modifier la robe et... eh bien, c'est tout simplement fou en ce moment. Je suis sûre que tu comprends. Je veux dire, il ne te reste que deux semaines avant les séries éliminatoire et je sais que vous allez décrocher une place, donc tu vas être occupé aussi et...

Elle s'arrêta enfin pour respirer, mais lui, avait l'impression de ne pas pouvoir reprendre sa respiration.

— Bliss. Qu'est-ce qui...

— Je ne sais pas quand je serai libre. Elle s'était empressée de lui couper la parole. Et je ne suis pas sûre...

— Bliss. Ne fais pas ça.

Il ne la supplierait pas. Pas question de l'implorer de ne pas faire ça, putain.

Pourtant...

Bon sang, tout ce qu'elle avait dit était vrai. Il allait être occupé. Pour arriver aux éliminatoires, il fallait passer en premier. Il savait qu'il devait se concentrer sur la victoire de la Calder Cup. Il devrait la remercier de lui avoir facilité la tâche.

Sauf que ce n'était pas facile. C'était exactement le contraire.

— J'ai passé un très bon moment avec toi ces derniers mois, poursuivit Bliss comme s'il n'avait rien dit, mais je sais que ta vie va être plus que bien remplie et je ne veux pas avoir l'impression de me mettre en travers de ton chemin.

— Est-ce que j'ai dit cela ? Est-ce que je le l'ai même mentionné ?

Une autre pause, puis une profonde inspiration.

— Nous savions tous les deux que ça ne durerait pas.

— Et si ce n'est pas ce que je veux ?

Pendant un instant, Bliss sentit son cœur battre dans sa gorge.

Un vieux souvenir, celui de son ancienne relation, remonta à sa mémoire.

Elle avait pris la décision de rompre avec son ex et lui avait demandé de la retrouver dans un restaurant pour discuter. Un espace public, où il n'y avait aucune chance qu'il lui fasse quoi que ce soit... physiquement.

Mais le regard dans ses yeux quand elle lui avait dit qu'elle le quittait et qu'elle ne voulait plus jamais le revoir ? Ce regard lui avait donné envie de s'enfuir. Il avait fait se tendre tous les muscles de son corps pour qu'elle soit prête à courir.

Et elle avait eu l'impression qu'elle allait vomir.

Comme maintenant.

Mais là, c'était l'idée qu'elle avait mis Shane dans le même sac que son ex qui la rendait malade.

Shane n'avait rien à voir avec ce salaud. C'était un type bien. Un mec génial, en fait.

Et tu le jettes à la poubelle ? Comme ça ?

Non. Il valait mieux en finir maintenant avant que l'un d'eux ne soit vraiment blessé.

— Je sais que vous allez bien vous classer aux éliminatoires.

— Attends...

— Et tu t'es fait un superfan avec Mike. Mais je dois vraiment y aller. Bonne chance. Pour tout. Et... au revoir.

La ligne fut coupée et Shane prit une seconde pour regarder l'écran afin d'être sûr qu'elle lui avait bien raccroché au nez.

Elle l'avait fait.

Qu'est-ce qui venait de se passer, putain ?

Il avait l'impression de s'être fait sortir par Rager Bolden, le plus grand juge de ligne de la ligue. En secouant la tête, il prit ses clés mais s'arrêta quand la porte d'entrée s'ouvrit et que CJ, Jake et Lad entrèrent.

— Shane ! CJ se précipita sur lui, le saisit par les épaules et le serra dans ses bras. Espèce d'enfoiré. T'es de retour. On est tellement heureux de te voir, putain !

Lad et Jake le frappèrent dans le dos, assez fort pour le faire grimacer.

— Comment c'était ce banc de la LNH ? Jake se dirigea vers le réfrigérateur. Ça fait comment sur le cul ? Tu te sens différent ?

Il lui fallut une seconde pour changer de ton, pour enfouir sa peine et se concentrer sur ses amis.

— Rien de spécial et pourtant je suis resté dessus toute la soirée.

Lad saisit son épaule et la serra.

— Ouais, mais tu as reçu l'appel.

Pendant les quinze minutes qui suivirent, Shane répondit à un déluge de questions. Principalement venant de CJ. C'était sa première année de jeu dans la LAH après avoir passé deux ans dans l'ECHL. CJ était peut-être plus excité que Shane à l'idée qu'il avait été appelé.

Mais alors même qu'il racontait aux gars son séjour à Philadelphie, il n'arrêtait pas de penser à Bliss.

Jake remarqua en premier qu'il était distrait. Il plissa les yeux quand Shane parla de la force des tirs.

Alors que CJ allait poser une autre question, Jake leva la main.

— Qu'est-ce qui ne va pas ? T'es pas comme d'habitude.

— Rien. Shane haussa les épaules. Je suis juste fatigué. J'ai repris l'entraînement avec l'équipe ce matin.

Jake n'y croyait pas, et maintenant Lad et CJ le regardaient de plus près.

— Non, c'est pas ça. CJ croisa les bras sur sa poitrine et s'appuya contre le comptoir de la cuisine. Que s'est-il passé ?

Prenant sa bière, Shane se dirigea vers le canapé. Autant être à l'aise s'ils devaient commencer l'interrogatoire.

— Il ne s'est rien passé. Tout va bien. Qu'est-ce que j'ai raté...

— Pourquoi tu vas pas voir Bliss ?

Putain de Lad. Ce salaud pouvait lire à travers les autres joueurs comme s'il avait une perception extrasensorielle.

— Parce qu'elle ne veut pas me voir. Ce n'est pas un problème. Avec les éliminatoires qui arrivent, j'ai besoin d'être concentré. Je n'ai pas besoin qu'une femme me foute la tête à l'envers.

Les gars échangèrent un regard.

— Des conneries tout ça, dirent Lad et Jake à l'unisson.

CJ secoua la tête.

— Merde. Je ne comprends pas. Je pensais qu'elle t'aimait vraiment bien.

Shane prit une gorgée de bière en haussant les épaules.

— Je suppose que non.

— C'est des conneries. Lad tourna la tête sur le côté. Qu'est-ce que t'as fait ?

Shane fronça les sourcils.

— Quoi ? Mais j'ai rien fait putain.

— Tu dois avoir fait quelque chose. Lad échangea un regard avec Jake. Cette fille t'avait dans la peau.

En haussant les épaules, Shane se força à ne pas se frotter la douleur dans sa poitrine.

— De toute évidence, non, sinon elle ne m'aurait pas largué.

— ça me plait pas. Lad regarda Jake. On doit faire quelque chose.

— Quoi ? Non. Shane secoua la tête. Putain non. Laissez tomber.

— Oh, que si, on doit absolument faire quelque chose. Jake hocha la tête. On va t'aider.

Shane roula des yeux.

— J'y crois pas... Je n'ai pas besoin d'aide, putain. C'est fini, c'est tout.

Jake plissa les yeux.

— Est-ce que tu peux nous dire franchement que tu ne veux pas qu'elle revienne ?

Non.

— Oui. J'ai des choses plus importantes sur lesquelles me concentrer.

— Oui, j'en suis sûr. Lad ricana. Bien. Alors dis-nous en plus sur le match.

Essayant de ne pas soupirer de soulagement, Shane raconta tout ce dont il pouvait se souvenir.

Et il essaya de ne pas laisser Bliss dominer totalement ses pensées.

Les billets arrivèrent le lendemain matin.

Mais pas chez elle.

Non, ils arrivèrent chez Mike. Et ils ne venaient pas de Shane.

— Lissy, regarde ce que Jake m'a envoyé. Des billets pour le match de ce soir. On peut y aller ?

Le cœur battant, elle prit l'enveloppe, détestant le fait qu'elle aurait presque voulu qu'ils viennent de Shane.

— Comment sais-tu qu'ils viennent de Jake ?

— Il a joint un mot.

Salut mon pote. J'espère que tu pourras venir. Si tu as besoin d'un chauffeur, fais-le moi savoir. Jake.

Pas du tout l'écriture de Shane effectivement.

Merde.

Non pas qu'elle ait voulu que ce soit de Shane. Elle était contente qu'il ne lui rende pas la vie trop dure.

Mais elle ne pouvait pas dire non à Mike. Pas alors qu'il la regardait avec tant d'excitation dans les yeux.

— Bien sûr. Mais Mike...

Elle n'avait pas eu l'occasion de lui dire qu'elle avait rompu avec Shane. Elle s'était dit que ce n'était pas parce qu'elle regrettait sa décision. Ce n'était pas le cas. Elle avait fait ce qu'il fallait.

Mais...

Merde.

« Mike... Shane et moi on a rompu. »

Le choc sur le visage de son frère lui fit mal au cœur. Et son estomac se contracta.

Son frère exprimait la même chose qu'elle ressentait encore. Et c'est elle qui avait rompu.

Ce qui avait été pour le mieux, bon sang.

— Pourquoi ? Que s'est-il passé ?

Oui, que s'était-il passé ?

Elle avait eu peur, voilà ce qui s'était passé.

Mais c'était quand même pour le mieux. Mieux valait souffrir un peu maintenant que d'avoir le cœur brisé plus tard.

Un peu ?

Elle voulait se dire de la fermer mais ne voulait pas que Mike pense qu'elle lui parlait.

Se forçant à sourire brièvement, elle secoua la tête.

— Rien. C'est juste que ça ne pouvait pas marcher entre nous.

Mike pencha la tête sur le côté.

— Comment le sais-tu ?

Elle haussa les épaules.

— ça n'était pas possible, c'est tout. C'est mieux comme ça.

Mike fronça les sourcils.

— Pourquoi ?

Parce qu'il m'aurait quittée de toute façon.

— Parfois, les relations ne marchent pas.

— Est-ce qu'il était... Mike fronça les sourcils encore plus fort, comme ton ex ?

— Mon Dieu, non ! Non, Mike. Shane n'a rien à voir avec Rich.

— Alors... Mike secoua la tête en soupirant. Je crois que je ne comprends pas.

Bon sang, elle venait d'entraîner son frère avec elle dans son marasme.

— Il n'y a vraiment rien à comprendre. Ça n'allait tout simplement pas marcher.

Après quelques secondes, Mike finit par hocher lentement la tête.

— Comme quand je travaillais dans ce restaurant. C'est ce que le gérant m'a dit, que ça n'allait pas marcher. Il n'aimait pas travailler avec moi. Donc tu n'aimais pas assez Shane.

Prise de court, elle eut une sorte de blanc. La vraie raison pour laquelle le directeur avait renvoyé Mike était que c'était un connard plein de préjugés et qu'il n'était pas à l'aise avec son frère.

— Non, ce n'est pas ça. J'aime bien Shane. C'est juste...

— Compliqué.

En regardant dans les yeux de Mike, elle vit la compréhension qu'elle n'attendait pas de lui. Elle n'aurait pas dû être surprise, cependant. Le cerveau de son frère fonctionnait différemment de celui de la plupart des gens, mais il était empathique lorsqu'il s'agissait de lire les sentiments des gens.

— Oui, c'est vraiment compliqué. Surtout pour moi.

— À cause de ton ex.

Elle voulait le nier mais elle ne voulait pas mentir à Mike.

— En quelque sorte. Je veux simplement... ne pas être laissée de côté quand il passera à autre chose.

La vérité éclata, mais il était finalement plus facile de l'avouer à quelqu'un qui ne la jugeait pas. Cela craignait vraiment de savoir que c'était ses propres sentiments tordus qui l'avaient poussée rejeter Shane. C'était nul aussi de constater qu'elle n'avait pas trouvé une autre façon de gérer la situation.

Parce que cela restait vrai. Il allait finir par partir et elle allait rester là. Et rien de ce que l'un ou l'autre pouvait faire n'y changerait quoique ce soit.

Mike lui prit la main et la serra.

— On n'est pas obligés d'aller au match.

— Bien sûr que nous y allons. Jake veut que tu viennes. Et je sais que tu veux y aller.

— Mais...

— Il n'y a pas de mais. On va passer un bon moment.

Continue à te dire ça. Peut-être que tu le croiras encore dans un an.

— Oh la vache, on les a carrément *détruits* ces putains de gerbilles, cria CJ alors que Shane entrait dans les vestiaires après avoir été salué comme la première star du match. Vive Le Mur de brique !

Shane sourit lorsque ses coéquipiers commencèrent à scander « Brique ! Brique ! Brique ! » et il cogna ses gants contre ceux de Nate, alors qu'il passait devant l'autre gardien de but en allant vers son casier.

Ils avaient décroché une place en éliminatoires ce soir avec la victoire contre les Maine Flying Foxes, dont la mascotte ressemblait au croisement pas très heureux d'un chihuahua et d'une gerbille.

Le match avait été encore plus facile parce qu'ils avaient joué à domicile et que les fans étaient devenus fous. L'équipe avait manqué les éliminatoires les deux années précédentes, ce qui était la cerise sur le gâteau.

— Tu as joué comme un possédé ce soir, Conrad. Cary lui donna une claque dans le dos en allant aux douches. Continue comme ça et on aura cette coupe.

— Mec, tu leur as coupé les pattes. Jake se laissa tomber sur le banc à côté de lui et observa Shane retirer son équipement. Je suppose que se faire larguer t'a fait du bien, oui ?

En secouant son bloqueur, Shane lui fit un doigt d'honneur sans prendre la peine de le regarder. Il n'était pas prêt à répondre à cela.

— Tu as fait un bon match, lança Shane par-dessus son épaule. Félicitations.

— Ah, donc on ne parle toujours pas d'elle. D'accord. Oui, j'ai fait un super match, merci.

En secouant la tête, Shane écouta les autres gars de l'équipe se moquer de Jake sur son absence d'humilité, tout en parvenant à le complimenter.

Pensant qu'il était à l'abri de toute autre mention de Bliss par Jake, Shane se dirigea vers les douches, où il resta sous l'eau chaude et brûlante pendant au moins cinq minutes.

Cela faisait partie de son rituel d'après match, qu'il avait laissé tomber pendant qu'il était avec Bliss.

Cela aurait dû être ton premier indice. Ne change pas ta routine pour une fille.

Son père lui avait martelé ça dans le crâne tout au long du lycée. Il n'y avait pas de danger que ça lui arrive, mais il avait gardé ça en tête pendant les années de fac et les années de l'ECHL.

Mais il l'avait fait pour Bliss et n'avait remarqué aucun préjudice. En fait...

Il secoua la tête. On s'en foutait de toute façon. Parce que Bliss était partie.

Et il était revenu à sa routine, l'équipe était en train de gagner et continuerait à le faire.

— Hé, tu rentres directement à la maison ? CJ passa la tête dans la salle des douches, déjà douché et habillé. J'y vais là.

— Ouais, je sors dans quelques minutes. J'ai besoin d'une bonne nuit de sommeil avant le match de demain.

Ils avaient un autre match contre les Wolves le lendemain, et l'autre équipe était prête à se venger.

— OK. Oh, juste pour info, Bliss et Mike sont dans le hall. Je vais m'assurer que Jake les fasse sortir avant que tu ne passes par là.

Il leva la tête d'un coup.

— C'est quoi ce bordel ?

Justin Perry, le défenseur qu'ils venaient de faire remonter de l'ECHL après avoir perdu Joey Constantino sur blessure lors du dernier match, lui jeta un regard méfiant.

Il savait qu'il avait la réputation d'être vif. Il savait que c'était justifié. Il savait aussi qu'il y avait une fine limite entre être vif et être un connard arrogant. Il avait toujours réussi à ne pas la dépasser. Mais le vent pouvait tourner.

Surtout quand il pensait à Jake en train de draguer Bliss.

— Pas besoin de devenir fou, mec. Jake a envoyé les billets à Mike. Il ne savait pas que Bliss serait là.

Il n'y avait pas moyen que Jake ne s'attende pas à ce que Mike vienne sans Bliss.

Salaud. Shane allait tuer Jake. S'il avait ne serait-ce que posé un doigt sur elle...

Merde. *Merde.*

Shane prit une grande inspiration. Ce n'était pas juste. Il savait que Jake et Mike s'étaient bien entendus. Jake avait un frère trisomique qui lui manquait plus qu'il ne l'avait jamais avoué à personne. Sauf à Shane, une nuit d'ivresse quelques mois auparavant.

— Désolé. Shane secoua la tête. Oublie ça... tout va bien, c'est bon.

CJ haussa les épaules et agita la main.

— OK, à tout à l'heure à la maison.

CJ disparut et Shane baissa la tête, laissant l'eau couler fort sur les muscles soudain tendus de son dos.

Cela faisait trois jours qu'elle lui avait dit qu'elle ne voulait plus le revoir. Trois jours qu'il l'avait laissée partir sans se battre.

Parce qu'elle avait eu raison.

Leur relation ne menait nulle part.

— Merde.

— Euh, ça va ?

Justin coupa l'eau et se frotta avec sa serviette, en évitant soigneusement le regard de Shane.

Shane poussa un grand soupir.

— Ouais. Ça va. Super match ce soir, mec.

— Merci. Toi aussi. Je suis content d'être ici.

Shane ne voulait pas être un connard mais il n'avait aucun

intérêt pour cette conversation. Non, il était beaucoup plus intéressé par ce qui se passait dans le couloir.

— On est content de t'avoir.

Heureusement, le nouveau ne dit rien d'autre et s'éloigna une minute plus tard. Laissant Shane seul dans les douches.

Il se dit qu'il ne restait pas là juste pour éviter Bliss. Il détendait ses muscles tendus sous l'eau.

Ouais, c'est ça.

En murmurant un juron, il coupa l'eau, s'essuya et retourna aux vestiaires.

Il jeta un coup d'œil à la pendule, pensant qu'il laisserait à Jake cinq minutes de plus pour dire au revoir à Mike et Bliss.

Et il qu'il se donnait cinq minutes de plus pour se dire qu'il ne voulait vraiment pas la voir.

— T'es d'accord Lissy ?

Bliss sourit et secoua la tête.

— Bien sûr que oui, ça ne me dérange pas. Amusez-vous bien.

Jake lui toucha l'épaule.

— On va juste manger quelque chose au West Reading Diner. On ne rentrera pas tard. On a un match demain. Si vous pouvez venir, je vous donnerai des billets.

Le sourire de Mike s'élargit et elle sut qu'elle ne pouvait pas dire non. C'était presque comme s'ils se liguaient contre elle. Mais elle ne pouvait pas nier l'amitié qui s'était développée entre Mike et Jake. Elle se serait méfiée des motivations de Jake si elle n'avait pas vu la façon dont il traitait Mike. Il n'était pas question qu'elle fasse obstacle à leur amitié.

— Je peux faire venir le minibus si tu ne veux pas m'accompagner demain, Lis.

Parce qu'elle était faible, elle dit :

— Non, je n'ai rien à faire. Je peux t'amener.

Jake acquiesça, son expression était sérieuse, mais elle aurait pu jurer qu'il retenait un sourire.

Et puis son cerveau s'embrouilla. Parce que Shane sortit des vestiaires.

Bon sang. Elle voulait être partie avant qu'il ne sorte. Il était généralement l'un des derniers à partir.

Et son cœur lui faisait mal en le regardant parce que... Oh mon Dieu, cet homme lui coupait le souffle.

Grand et carré d'épaule, vêtu du costume gris qui lui allait comme un gant et de la chemise bleue qui allait avec ses yeux. Il ne s'était pas embêté avec la cravate, qu'il avait sans doute roulée dans sa poche, elle en était sûre.

Ses cheveux étaient encore humides et il les avait peignés en arrière. Son visage portait encore les marques de son masque.

Elle avait des envies contradictoires de courir dans l'autre sens et de passer les doigts sur ces marques-là.

Mon Dieu, elle avait été si stupide. Elle était tombée amoureuse de lui. Méchamment. Et elle n'avait personne d'autre à blâmer qu'elle-même.

Quand il s'approcha, elle se rendit compte qu'elle était en apnée.

Ce qui était si stupide parce qu'il lui avait à peine fait signe de la tête. Il s'était bien arrêté pour saluer Mike et lui serrer la main, mais il était parti quelques secondes plus tard.

Elle avait mal au cœur, comme s'il avait pris un couteau et l'avait transpercée de part en part.

Tu penses toujours que c'était une bonne idée de le larguer ?

Absolument. Parce que si ça faisait si mal après seulement quelques semaines de fréquentation, imagine seulement à quel point ça serait pire après cinq ou six mois ensemble. Ou un an.

Peut-être...

Elle se retourna pour le regarder partir. Elle ne put s'en empêcher. Tout comme elle n'avait pas pu le quitter des yeux pendant tout le match.

Pourquoi te tortures-tu ?

Parce qu'elle était idiote. Mais ça ne voulait pas dire qu'elle n'avait pas raison.

— Seigneur, Shane, tu déchires. Mec, je ne sais pas ce que tu as pris mais j'en veux.

Shane fit un sourire reconnaissant à Nicky Thompson par-dessus son épaule. L'attaquant débutant d'Ottawa avait été un grand ajout à l'équipe à la mi-saison. Le jeune ne fêterait pas ses 21 ans avant six mois, mais il jouait déjà comme un pro avec dix ans d'expérience.

— C'est ce qui arrive quand on n'a pas de vie. Lad était déjà en route pour les douches après leur dernier match de la saison. Le Mur de brique mange, dort et respire hockey, mon fils. Prends des notes.

Shane avait une réponse sur le bout de la langue, une réponse qui aurait fait rire tout le monde. Mais il ne pouvait pas trouver l'énergie nécessaire pour s'en donner la peine.

Il supporta donc les sifflets des autres gars en faisant un signe de la main, mais il resta silencieux tout en enlevant son équipement.

Les bruits du vestiaire s'atténuèrent au fur et à mesure que les gars se déplaçaient d'ici vers les douches et inverse-ment. L'entraîneur lui avait déjà dit que le journaliste local et le pigiste de l'AP voulaient lui parler, alors il se dépêcha. Il savait que les journalistes attendraient le temps qu'il faudrait, mais il détestait les faire attendre. Ils avaient des délais à respecter et lui... devait rentrer chez lui pour retrouver son lit de solitaire et essayer de dormir sans rêver de Bliss.

Merde.

Quand il sortit de la douche, il ne restait plus que quelques gars, dont Jake.

— Tu ne devrais probablement pas entrer dans le salon vert en ayant l'air d'avoir mangé des chiots et des chatons pour le dîner. Tu ferais peur à la jolie blonde avec le magnétophone. Nouvelle pigiste de l'AP. Beaucoup plus belle que le vieux mec qu'ils envoyaient avant.

Jake était déjà habillé alors que Shane raccrochait le dernier de ses équipements et enroulait une serviette autour de sa taille.

Shane lui épargna un regard, notant le sac qu'il tenait dans ses mains.

— Tu sors ?

— Oui. Mike et moi allons dîner et ensuite je retrouverai les gars dans ce bar à West Reading. Celui qui est toujours vide. Je n'arrive jamais à me souvenir de son nom.

Jake ne pouvait pas se souvenir de son nom parce qu'il avait une orthographe amérindienne bizarre que personne d'autre que les gens de la région ne pouvait prononcer correctement.

« Tu veux nous rejoindre ? »

Shane secoua mécaniquement la tête.

— Je suis fatigué. J'ai besoin de dormir.

Jake ne bougea pas mais il ne dit rien non plus. La plupart des autres gars étaient déjà partis.

« Quoi ? Shane jeta un œil noir à Jake, en fronçant les sourcils. C'est quoi ton problème ? »

— C'est toi. Jake croisa les bras sur son torse, comme s'il se préparait à se battre. Tu dois te sortir de là.

— Sortir de quoi ? Bon sang, j'ai jamais joué aussi bien depuis des années.

— Je ne conteste pas cela. Mais Shane, tu es malheureux.

Tout le monde peut le voir. Personne ne veut dire quoi que ce soit parce que tu joues à merveille. Mais il y a autre chose que le hockey dans la vie. Même pendant les éliminatoires. Je veux dire, à quoi bon gagner si tu dors seul tous les soirs ?

— Bon Dieu, Jake. Fous-moi la paix.

Shane fit passer son maillot de corps par-dessus sa tête... et déchira le foutu col.

Les quelques gars restés dans le vestiaire lui lancèrent des regards de côté mais détournèrent rapidement le regard.

« Putain ».

Jake se balançait sur ses talons, son expression inchangée alors que Shane finissait de s'habiller... sans le t-shirt.

— Tu lui manques aussi. Et de la façon dont tu joues... Eh bien, elle peut être sûre d'avoir pris la bonne décision.

L'énervement le submergeait.

— Et alors ? Je suis censé perdre quelques matchs pour qu'elle revienne vers moi ? C'est la chose la plus stupide que j'aie...

— Merde, tu es aveugle ! Jake secoua la tête. Tu n'as qu'à lui montrer combien tu l'aimes. Et jouer comme tu le fais maintenant. Montre-lui que tu peux faire les deux.

Combien tu l'aimes ?

Ses sentiments étaient-ils si évidents ? Ils devaient l'être si Jake les avait ressentis. Mais il n'était pas question qu'il l'admette.

— Jake... bordel...

— Non, je ne me tairai pas. Et je sais de quoi je parle. Il faut que tu lui montres que tu en vaux la peine. Et puis ensuite tu lui prouveras.

CHAPITRE NEUF

Les fleurs arrivèrent au magasin le lundi. Un bouquet de marguerites.

Pas de carte. Juste deux billets pour le premier match des éliminatoires. Les Redtails ouvraient à domicile le samedi suivant. Mike avait déjà son billet. Jake s'en était occupé. Mike avait demandé à Bliss si elle voulait l'accompagner. Il pouvait demander un autre billet à Jake. Elle avait refusé. C'est ce qu'elle devait faire. C'était juste trop dur de voir Shane.

Mike n'avait pas besoin d'elle pour aller aux matchs. Il était parfaitement capable d'y aller tout seul.

Ça ne voulait pas dire qu'elle ne voulait pas y aller.

— Ooh, Bliss, chérie. Elles sont magnifiques. Tu as un nouveau prétendant dont je n'ai pas entendu parler ?

Bliss fit un sourire distrait à sa tante Rosie.

— Non. Je suis presque sûre qu'elles viennent de Shane.

— Ah. Vous vous êtes remis ensemble ?

— Non. Je ne l'ai pas vu depuis qu'on... depuis que j'ai rompu avec lui.

— Alors pourquoi les fleurs ?

— Il y a des billets pour le premier match des éliminatoires avec.

— Ah. Les fleurs sont magnifiques. Et il y en a tellement.

Rosie avait raison. Il y en avait quinze au total.

— C'est un nombre impair. Rosie la regardait en fronçant les sourcils, ses cheveux noirs et courts bouclant autour de son visage. Est-ce que le nombre signifie quelque chose ?

Bliss secoua la tête.

— Pas que je sache.

— Mmh. Eh bien, de toute évidence, ça signifie quelque chose pour Shane.

Rosie avait raison. Cela signifiait quelque chose pour Shane. Mais elle ne savait pas quoi et ce que cela pouvait avoir à faire avec elle.

— Alors, tu vas au match ? demanda Rosie.

— Je ne sais pas.

Rosie finit d'accrocher une robe prévue pour un premier essayage plus tard ce matin-là. Elle soupira avant de se tourner vers Bliss.

— Chérie, je sais que tu as dit que tu ne voulais pas en parler, mais... tu sais que tu peux tout me dire, n'est-ce pas ? Il semble que tu aimais vraiment beaucoup Shane. Il t'a fait quelque chose ? Est-ce qu'il...

— Non. Non, Shane n'a rien fait. C'est moi.

Rosie tendit la main au-dessus du comptoir et tapota la main de Bliss.

— Dis-moi, chérie. Tu erres ici comme un fantôme depuis quelques semaines. Que s'est-il passé ?

Elle secoua la tête.

— Il ne s'est rien passé. J'ai simplement réalisé que j'avais besoin de rompre avant... Elle soupira. Avant qu'il ne parte. Il va finir par partir. Et je serai toujours là.

— Et pourquoi penses-tu que tu dois rester ici ?

— Ma vie est ici. Mon travail, ma famille.

Rosie fit une grimace.

— Oh, chérie. Tu es assez intelligente pour trouver un travail n'importe où. Et ta famille sera toujours là pour toi. Il n'y a pas de raison que tu restes attachée à ce petit coin du monde. J'aime travailler avec toi et tu sais que tu auras toujours un travail avec moi, mais je ne me souviens pas t'avoir entendue parler de ton désir de diriger une boutique nuptiale quand tu étais jeune.

Bliss haussa les épaules en plissant le nez.

— Je changeais toujours d'avis sur ce que je voulais faire quand j'étais jeune. Je suis allée à l'université et j'ai obtenu un diplôme de commerce parce que...

— Parce que quoi ?

Parce qu'elle n'avait aucune idée de ce qu'elle voulait faire de sa vie. Sauf qu'elle savait qu'elle devait être capable de subvenir à ses besoins. Surtout après qu'elle se soit libérée de son ex.

S'était-elle cachée ici ? Par peur de partir et de faire autre chose ?

Non, ce n'était pas ça. Elle aimait vivre ici, dans cette ville. Ses parents vivaient à quinze minutes de là et ses neveux et nièces se jetaient dans ses bras quand elle faisait du baby-sitting. Et elle vivait à côté de son frère.

— Parce que je ne savais pas quoi faire d'autre de ma vie.

Rosie grogna.

— Je n'y crois pas une seconde. Tu n'es pas une petite fille perdue. Peut-être que tu n'as pas encore trouvé ce que tu veux faire de ta vie, mais cela ne veut pas dire que tu ne le feras jamais. Et ne te méprends pas. Je ne dis pas qu'avoir un homme va régler tous tes problèmes. Je ne veux simplement pas que tu les exclues totalement de l'équation. Surtout un que tu aimes vraiment.

— Alors, tu as trouvé où elle était assise ?

Lad était assis à côté de Shane sur le banc, en train de le regarder lacer ses patins. Son coéquipier avait attendu que Shane retire ses écouteurs avant de parler. Tout le monde savait qu'il ne fallait pas lui parler avant qu'il ne le fasse.

Le bruit de la foule du match à guichets fermés leur parvint dans les vestiaires, ce qui renforça encore l'excitation des joueurs.

La dernière série avait commencé ce soir. Ils avaient gagné la première série d'un coup de balai. La deuxième série avait duré cinq matchs. Les demi-finales en avaient six.

Shane priait pour qu'ils rompent le schéma et remportent cette série en cinq matchs. Cela permettrait à l'autre équipe de gagner un match et aux Redtails de gagner à domicile. Bien sûr, un coup de balai serait également bienvenu.

— Non. Je sais seulement qu'elle a pris les billets. Il haussa les épaules. Je ne veux pas savoir.

— T'es sûr ? Jake pourrait demander à Mike...

— Non. Je sais qu'elle est là. C'est suffisant.

— Tu l'aimes vraiment, hein ?

Shane passa son maillot par-dessus sa tête puis jeta un coup d'œil à Lad, qui leva les mains en l'air.

— C'est juste une remarque. Ne m'arrache pas la tête.

— Ne le fais pas chier avant le match, dit CJ en tapant son gant sur les tibias de Lad. Il n'a pas besoin de penser à autre chose que ça.

En fait, il avait beaucoup pensé à Bliss ces derniers temps et cela n'avait pas du tout affecté son jeu. En fait, penser à Bliss le faisait sortir de sa tête quand il commençait à s'emballer dans le jeu.

Mais il n'eut pas le temps de le dire aux gars, parce que l'entraîneur entra pour donner ses derniers conseils.

Puis il entendit la foule se mettre à rugir et il sut qu'ils n'avaient que quelques secondes avant qu'il ne doive mener les gars sur la glace.

Il se leva et se dirigea vers la porte, entendant les gars s'aligner derrière lui. Personne ne parlait, mais il entendit Lad prier en russe dans sa barbe, directement derrière lui. Shane n'avait aucune idée de ce que Lad disait, mais il fit un signe de croix quand Lad marmonna « Amen ».

Et il commença à avancer au bout du couloir.

— Bon sang, je ne pensais pas que cet endroit pouvait devenir plus bruyant, Faith dut élever la voix pour être entendue, mais Seigneur, je crois que mes oreilles vont saigner.

Bliss hocha la tête et se pencha pour parler plus près de l'oreille de Faith.

— Je sais. C'est incroyable, n'est-ce pas ?

Le stade, qui affichait complet, poussait des cris depuis le début de la vidéo montrant les moments forts de la saison précédente et qui se terminait par des prises de vue en solo de l'équipe. Son cœur faisait des bonds à chaque fois que la photo de Shane apparaissait sur l'écran géant au-dessus de la glace.

— Je suis si contente que tu m'aies forcée à venir à ces matchs avec toi.

Le sourire de Faith obligea Bliss à mettre son bras autour des épaules de son amie.

— Je suis contente que ça te plaise.

Bliss avait dû échanger les billets que Shane lui avait envoyés contre des places pour handicapés, mais le représentant de la billetterie avait été plus qu'heureux de le faire.

— Ouais, eh bien, les gars ne sont pas désagréables à regarder, poursuivit Faith, et ça *bouge*. J'adore ça.

Oui, c'était sûr. Avant son accident, Faith avait été footballeuse et elle courait, aussi. Et si Bliss y pensait trop sa bonne humeur s'évaporerait.

Au lieu de cela, elle chassa cette pensée de son esprit et regarda Shane descendre sur la glace. Avec son équipement et son masque, il était impossible de le distinguer de l'autre gardien de but. Mais elle aurait été capable de le repérer dans un groupe d'hommes portant la même tenue. Quelque chose dans la façon dont il se tenait attirait toute son attention.

Elle ne le quitta pas des yeux lorsqu'il exécuta sa routine de mise en jeu, en brisant la glace devant son filet, en buvant un coup, puis en tapant sur les poteaux avec son bâton selon un certain rythme. Chaque gardien de but avait sa propre routine. C'est du moins ce qu'on lui avait dit. Elle n'avait jamais eu d'yeux que pour Shane.

Dangereux. Il était si dangereux.

Et pourtant, quand les premiers billets étaient arrivés, elle avait su immédiatement qu'elle allait les utiliser.

Il lui avait envoyé des billets pour tous les matchs à domicile, avec un bouquet de fleurs. Le premier bouquet avait quinze marguerites.

Le deuxième en avait quatorze. Ils avaient continué à devenir plus petits. Il lui avait fallu attendre le début de la deuxième série pour réaliser que les fleurs signifiaient le nombre de matchs qu'il fallait gagner pour remporter le championnat.

Elle ne pouvait pas s'empêcher de penser que c'était aussi un compte à rebours et cela lui faisait mal au cœur.

Il allait encore partir à la fin de la saison, rentrer chez lui au Minnesota ou ailleurs pour s'entraîner jusqu'à ce que le camp d'entraînement commence à la fin de l'été à Philadelphie.

Ce qui n'est pas si loin.

Elle retira cette idée de sa tête. Elle ne pouvait pas aller par là. Pas si elle voulait garder ses distances.

Et c'est ce que tu veux ?

Sortie de ses pensées par tous ceux qui l'entouraient, elle se leva pendant qu'un groupe d'écoliers chantait l'hymne, mais elle ne pouvait pas quitter Shane des yeux. Il ne portait pas son masque, bien sûr, et elle avait une envie presque irrésistible de faire courir ses doigts le long de sa mâchoire, couverte d'une épaisse barbe. Même sa barbe des éliminatoires ne pouvait pas masquer les belles lignes de son visage.

Elle voulait sentir sa barbe contre sa peau, de préférence entre ses cuisses...

Merde.

Heureusement, l'arbitre fit tomber le palet.

Elle respira un grand coup et retint son souffle.

Deuxième période.

Les Redtails menaient d'un point, mais ils avaient perdu à la fin de la première période.

La défense avait bataillé pour avoir le palet après une attaque à l'autre bout et Greg Bruecker des Pittsburgh Spikes avait fait une échappée et marqué le premier but du match.

C'était un beau tir et Shane aurait pu l'admirer — si cela n'avait pas été contre lui.

En fait, il s'était laissé aller à la colère pendant cinq secondes, puis il s'était repris. Entre les périodes, les défenseurs s'étaient excusés avant que l'entraîneur ne leur arrache les fesses pour avoir été dominés pendant cette première période.

Et les Redtails étaient revenus en force au début de la deuxième.

CJ avait marqué le premier but, ce qui avait mis le feu sous le cul de la foule. Et puis leur meilleur buteur, Tyler Richardson, avait marqué un but, bien qu'en étant en désavantage numérique, après un penalty douteux sur Lad.

Et d'un seul coup, la glace avait basculé en faveur des Redtails.

Shane regardait le jeu à l'autre bout, sans jamais quitter le palet des yeux. Il avait donc vu Riley sauter sur une occasion, du haut du cercle gauche et observé la première ligne des Spikes s'avancer vers lui avec rapidité.

Les défenseurs des Redtails bataillaient pour le rattraper et, alors que dix joueurs couraient vers lui, Shane eut une fraction de seconde pour se mettre en place.

Patinant pour rencontrer les joueurs qui s'approchaient, il garda les yeux sur le palet alors que l'ailier droit faisait une passe à l'ailier gauche qui se plaçait à la droite de Shane.

Il perdit de vue l'ailier droit mais comprit à la façon dont ses gars se déplaçaient que l'ailier devait maintenant être derrière lui.

Ce qui signifiait qu'il avait été pris au dépourvu.

Tout ce qu'il ressentit, c'est la masse des corps qui s'écrasèrent sur lui à grande vitesse.

Il tomba, sa tête heurta la glace, et les gars tombèrent sur lui.

Tout devint noir pendant une seconde et il eut la sensation terrifiante qu'il s'était évanoui.

Puis il réalisa que le bras de quelqu'un était appuyé sur son masque. Mais sa réaction défensive avait déjà commencé et il essayait de se débarrasser des joueurs alors que ses oreilles se mettaient à siffler.

Merde.

Alors qu'il se débattait pour se mettre à genoux, ses poumons luttant pour remplacer l'air qui leur avait été retiré, il vit ses hommes écarter les joueurs adverses. Il vit les juges de ligne sauter sur la pile pour séparer les corps.

Mais tout était un peu flou.

Merde. Merde. Putain.

En secouant la tête, il essaya de faire le point. Et c'est alors qu'il entendit Lad appeler l'entraîneur.

Il voulait l'en empêcher, il voulait se mettre debout et remonter sur ses patins.

Mais il n'était pas sûr de pouvoir le faire sans tomber.

Alors il resta à terre et attendit l'entraîneur.

Et il espérait vraiment qu'il pourrait finir le match.

***

Bliss vit Shane s'effondrer sous un tas de corps et, autour d'elle, la foule poussa un cri à l'unisson.

Elle ne pouvait rien faire. Elle pouvait à peine respirer alors que son cœur battait à tout rompre dans sa gorge.

Elle vit sa tête frapper la glace juste avant qu'il ne disparaisse de sa vue, alors que les équipes grouillaient autour du filet.

Plusieurs joueurs commencèrent à se battre, mais elle n'avait d'yeux que pour Shane.

Se levant lentement, trop lentement, sur ses genoux, il s'était rassis, la tête baissée, et restait maintenant là, sans bouger.

Ses poumons se figèrent et elle dut se forcer à respirer.

— Oh mon Dieu, murmura Faith. Est-ce qu'il va bien ?

Elle ne pouvait pas répondre. Elle ne pouvait que regarder CJ se pencher pour vérifier que Shane allait bien, puis se diriger tout droit vers le banc, où l'entraîneur lui prit le bras pour pouvoir courir auprès de Shane.

Alors que les juges de ligne et les arbitres maîtrisaient la bagarre, l'attention de tous se tourna vers Shane. La foule semblait retenir son souffle en attendant qu'il se relève.

Plus le temps passait, plus il était difficile pour Bliss de respirer.

Elle n'avait pas réalisé qu'elle était debout jusqu'à ce que Faith lui prenne la main.

Et quand il fallut deux joueurs pour aider Shane à se relever, elle voulut courir vers les escaliers.

Mais elle savait qu'elle n'aurait pas le droit de descendre. Elle n'était pas de la famille. Elle n'était même pas sa petite amie.

Et pourtant, elle ne pouvait pas le quitter des yeux. Elle regarda CJ et Lad l'aider à sortir de la glace, le vit disparaître dans le couloir vers les vestiaires, l'entraîneur sur ses talons.

Elle ne retourna à son siège que lorsque Nate descendit sur la glace pour prendre la place de Shane.

— Hé, ça va ma belle? Faith s'était penchée pour parler à l'oreille de Bliss car la foule s'était enflammée lorsque l'annonceur avait énuméré les pénalités, dont une pour intrusion dans la zone du gardien de but.

Elle eut une envie folle de descendre les escaliers jusqu'au banc de pénalité et de frapper froidement le joueur qui avait fait sortir Shane.

Elle se tourna vers Faith en secouant la tête.

— Je ne sais même pas à qui demander pour m'assurer qu'il va bien.

Faith retroussa les lèvres en un sourire doux-amer.

— Il va revenir. C'est un dur.

Mais il ne revint pas à la fin de la deuxième période.

Et elle pensait franchement qu'elle pourrait rester assise là à pleurer.

Jusqu'à ce que son téléphone vibre.

Elle le prit avant d'envisager le fait que cela n'avait peut-être rien à voir avec Shane. Et elle porta une main à sa bouche pour arrêter son cri de joie quand elle réalisa que c'était un SMS de Jake.

Il va bien. Il revient en troisième période. Ton nom est sur la liste des autorisés à descendre. Sois là.

Elle embrasserait Jake quand elle le verrait.

Après avoir étreint Shane comme une folle.

— Alors, tu vas me dire pourquoi tu souris comme une idiote ou tu vas me laisser dans l'ignorance ?

Le ton ironique de Faith détourna l'attention de Bliss de son téléphone.

— Il va bien.

Faith sourit.

— Heureuse de l'entendre. Mais toi, ça va ?

Bliss n'eut même pas besoin de réfléchir.

— Non. Je pense que j'ai merdé.

— Ouais. Faith hocha la tête.

— Je crois bien que oui. Mais je ne pense pas que ce soit irréparable.

— Mais le problème reste entier. Il va finir par partir.

— Et tu iras avec lui. Et quand il aura fini de jouer au hockey dans dix ou quinze ans et que tu voudras revenir, alors tu reviendras. Mais si tu l'aimes, et je pense que c'est le cas parce qu'on ne se fait pas autant de souci pour quelqu'un qu'on n'aime pas, alors tu dois faire un choix.

À entendre Faith on aurait pu croire que c'était facile. Bliss savait que ça ne l'était pas.

Elle savait seulement qu'elle ne voulait pas être à nouveau en dehors de la vie de Shane.

Après avoir passé du temps dans la pièce sombre pour évaluer une éventuelle commotion cérébrale, Shane fut déclaré apte à jouer par le médecin.

Et comment ! C'est lui qui avait commencé ce match. Il allait le terminer.

— Je suppose que tu es vraiment fait de brique. Jake lui cogna l'épaule alors qu'ils s'alignaient pour le début de la troisième période. Tu vas bien ?

— ça va. Je suis prêt à finir ce truc.

Derrière lui, le reste de l'équipe s'agitait sur ses patins, en tapant leurs crosses.

Jake se pencha pour parler directement dans l'oreille de Shane.

— Elle est là. Au cas où tu voudrais savoir.

La musique retentit, les fans se mirent à crier et l'adrénaline de Shane commença à monter. Il aurait pu dire que ce n'était pas parce qu'elle regardait le match. Mais il aurait menti.

Alors il se tourna vers Jake et sourit.

— Oui, maintenant c'est ça qu'il nous faut. Jake acquiesça. Alors on y va.

Shane mit son casque en place et mena son équipe vers la sortie.

Il gagnerait ce match et ensuite il récupérerait la fille.

Ça semblait être un bon plan.

Bliss donna son nom au gardien des escaliers en retenant son souffle. Mais il ne vérifia même pas sa liste. Il lui fit simplement signe de passer.

Il se pourrait qu'elle ait une crise de panique momentanée en descendant les escaliers.

Et si Jake avait tort ? Et si Shane ne voulait pas la voir ?

Alors pourquoi t'envoyait-il les billets ?

Le laisser partir la première fois avait été déchirant. Si elle avait tort maintenant, son cœur pourrait se briser.

Faith lui avait assuré qu'elle pourrait prendre un taxi pour rentrer chez elle. Alors Bliss se tint là, souriant aux conversations sans intérêt entre les épouses et les petites amies, mais sans dire grand-chose. Elle connaissait maintenant le nom de pas mal d'entre elles et, pour la plupart, elles étaient adorables.

Elles ne dirent rien sur le fait qu'elle n'était pas venue pour les matchs précédents. Elles l'accueillirent avec le sourire et continuèrent comme si de rien n'était.

Ce qui la laissait seule pour se ronger les sangs.

Elle leva la tête d'un coup lorsqu'elle entendit Chrissy couiner alors que son petit ami, l'attaquant Colin Johnson, se faufilait derrière elle et l'entourait de ses bras.

Bliss regarda au bout du couloir, espérant voir Shane. Quelques autres gars commencèrent à sortir des vestiaires, mais pas le sien.

Il n'est pas à toi. Tu l'as rejeté.

Et s'il lui donnait une autre chance, elle se rattraperait.

— Salut, Liss, je ne savais pas que tu serais ici.

Elle tourna la tête pour sourire à son frère.

— Salut, Mike. Tu attends Jake ?

Il hocha la tête, avec un sourire éclatant.

— Oui, on va aller manger quelque part. Puis il regarda derrière elle pendant une seconde et dit : À plus tard, Lissy, en s'éloignant.

Elle se dit que Jake était apparu, mais une seconde plus tard, elle entendit une voix familière dire son nom. Une voix qui lui fit serrer les cuisses et fit frémir son ventre.

— Bliss.

Elle inspira, se retourna et dut se mordre les lèvres pour retenir l'énorme sourire qui voulait s'échapper.

Elle le dévora des yeux et se mit à cligner des paupières pour retenir ses larmes. Il était magnifique. Fort. Grand. À elle.

Et la façon dont il la regardait... droit dans les yeux. Avec tant de passion dans le regard.

Elle voulait l'attraper, lui passer les bras autour des épaules et le supplier de lui pardonner de l'avoir repoussé.

— Salut.

— Comment as-tu pu descendre ?

Et elle se remit tout de suite à paniquer.

— Jake m'a mise sur la liste. Je suis désolée. J'aurais dû te prévenir. Je ne voulais pas te mettre dans l'embarras. Je voulais juste...

Il prit son visage entre ses mains, se pencha et scella sa bouche sur la sienne, l'embrassant jusqu'à ce qu'elle puisse à peine respirer.

Quand il s'écarta, de longues secondes plus tard, elle entendit vaguement les sifflets de quelques gars et les rires des filles.

Mais rien ne put retirer son attention de Shane.

— Je suis content que tu sois là. Et je remercierai Jake plus tard...

— Avec plaisir ! Jake frappa Shane dans le dos alors qu'il passait devant eux pour cogner le poing de Mike. Ne t'épuise pas ce soir. On a un match demain. Sois gentil avec lui, Bliss. Il n'a peut-être pas encore retrouvé tous ses esprits. Et sachant qu'il t'a laissée partir trop facilement la première fois, on peut imaginer qu'il n'a pas toute sa tête.

Les lèvres de Shane se recourbèrent malicieusement, faisant battre plus vite le cœur de Bliss.

— J'apprends vite. Et j'essaie de ne pas faire deux fois la même erreur.

Bliss secoua la tête, enroulant ses bras autour de sa taille.

— C'est moi qui ai fait une erreur. Peut-on...

— Y aller ? Absolument.

Shane lui fit faire demi-tour et se dirigea vers la porte en une fraction de seconde, le bras autour de ses épaules. Bliss dut marcher rapidement pour suivre, alors qu'il se dirigeait vers la porte du parking où les joueurs étaient garés.

— Ma voiture...

— On la prendra plus tard... Merde. J'ai amené CJ. Shane s'arrêta, se retourna et jeta ses clés à Jake, dont les réflexes rapides comme l'éclair lui permirent de les attraper.

« Donne-les à CJ. Dis-lui de ne pas massacrer mon pick-up. »

Le rire de Jake les suivit jusque dehors mais Shane ne ralentit pas et il ne dit rien alors qu'ils se précipitaient vers la voiture de Bliss dans le parking en face de la patinoire. Elle pensa que c'était parce qu'il y avait encore des fans qui se dirigeaient dans la même direction.

Quelques-uns d'entre eux le reconnurent, le félicitèrent et l'encouragèrent pour le prochain match. Il salua chacun d'eux avec un sourire et un signe de la main, mais il ne ralentit pas.

Ce n'est que lorsqu'il se plia en deux pour s'installer sur le siège avant et qu'elle fit démarrer la voiture qu'il prit la parole.

— On va aller chez toi pour régler ça, d'accord ? Parce que je ne veux pas qu'il y ait de malentendus.

Elle déglutit, en glissant un rapide coup d'œil sur lui, et remarqua qu'il était en train de la fixer.

— Oui, d'accord.

— Et nous allons trouver une solution. Parce que je t'aime, Bliss. Je ne veux pas que tu aies de doutes à ce sujet.

Les mains serrées autour du volant, elle hocha la tête, ne sachant pas si elle pouvait répondre de manière cohérente et continuer à conduire tant son ton était ferme.

« Tu m'as manqué, poursuivit-il. Tu le sais, n'est-ce pas ? Je n'ai jamais voulu t'abandonner, mais je ne voulais pas que tu penses que j'étais comme ton ex. »

— Je sais. Shane...

— Tu as reçu les fleurs ?

— Oui. Shane...

— Après les éliminatoires, je me serais présenté à ta porte et nous aurions parlé. Et je t'aurais dit exactement ce que je te dis maintenant.

Elle s'arrêta à un feu rouge et tourna la tête pour le regarder. Ces yeux bleus, toujours si intensément concentrés, la faisaient brûler de l'intérieur.

Et quand elle sourit, son visage s'illumina suffisamment pour qu'elle puisse voir la chaleur dans ses yeux.

Puis le feu passa au vert et elle appuya sur l'accélérateur. Il ne dit rien d'autre pendant qu'elle parcourait les derniers kilomètres pour rentrer chez elle.

Il déplia son grand corps du siège dès qu'elle eut garé la voiture. Ce qui signifia qu'il était à sa portière dès qu'elle l'ouvrit.

Il lui prit la main pour l'aider à sortir et ne la lâcha pas tout en la poussant vers son immeuble.

Le temps qu'ils atteignent sa porte, elle riait. Elle ne put s'en empêcher. Elle pouvait à peine le suivre quand il marchait vite et, en ce moment, il courait pratiquement.

Alors qu'elle allait insérer la clé dans la serrure, il se pressa contre son dos, court-circuitant son cerveau, et elle fit tomber les clés.

— Laisse-moi les ramasser, grommela-t-il, parce que si tu te penches...

Elle mouilla rien qu'en entendant le ton grave de sa voix et elle gémit peut-être même lorsqu'il ramassa les clés et ouvrit sa porte.

Les mains sur ses hanches, il la fit entrer en toute hâte et, dans la seconde qui suivit, il la plaqua contre la porte. Son grand corps la maintenait collée là, avec tellement de muscles qu'elle voulait le mordre. Puis sa bouche se posa sur la sienne. Sa barbe était une nouvelle sensation qui ne faisait qu'ajouter à son plaisir.

Alors que la fureur de son baiser l'enivrait, elle enfonça ses mains dans ses cheveux et s'y agrippa. Elle avait déjà enlevé ses baskets et levé une jambe autour de sa taille lorsqu'il la souleva du sol.

Inclinant la tête, il l'embrassa plus profondément, enfonça sa langue dans sa bouche et la faisant gémir pendant que ses mains s'activaient sur son jean.

Il gémit et s'écarta une seconde.

« À partir de maintenant tu ne porteras plus que des jupes. »

Elle ricana un peu, mais pour l'instant, elle ne pouvait qu'être d'accord avec lui.

— Je suis peut-être d'accord avec ça. Mais pour l'instant, dépêche-toi.

Sa bouche glissa à nouveau sur la sienne pendant que ses doigts reprenaient leur gymnastique sur son jean.

— Pose tes jambes.

Elle obéit sans réfléchir, enroulant ses bras autour de ses épaules pour que ses jambes puissent pendre librement et qu'il puisse faire glisser son jean tout du long.

Il lui fallut un peu batailler parce que ce satané jean la moulait plutôt, mais finalement elle sentit l'air plus frais frôler ses cuisses nues et son pubis.

Elle craignit que son frère ne puisse les entendre à travers les murs tellement ils faisaient de bruit.

Puis il glissa la main entre ses jambes et lui passa deux doigts sur le clitoris, et elle se ficha bien de savoir qui l'entendait.

Elle voulait seulement que Shane se dépêche.

Elle frotta ses hanches contre lui et elle le sentit fouiller dans son pantalon.

— Merde, râla-t-il. Préservatif.

— Heureusement que tu es si doué de tes mains.

Il pouffa et laissa échapper un rire proche de l'aboiement.

— Putain, je t'aime, Bliss.

Il l'avait dit plus tôt dans la voiture, mais là, elle fondit. Carrément. Complètement.

— Je t'aime aussi.

Il l'embrassa assez fort pour appuyer sa tête contre la porte. Puis il la laissa glisser vers le bas jusqu'à ce que ses pieds touchent le sol.

Et lui tendit le préservatif.

En souriant, elle baissa les yeux et vit sa bite sortir de sa fermeture Éclair. Dure, foncée et tellement excitante.

— Mets la capote, mon cœur. Et ensuite je vais te baiser contre la porte parce que je ne pense pas pouvoir aller jusqu'à ce foutu canapé.

Elle lui prit le préservatif, les mains tremblantes d'excitation et le fit rouler le long de son membre turgescent.

Puis elle enroula à nouveau ses bras autour de ses épaules et elle lui aurait grimpé dessus comme sur un poteau s'il n'avait pas mis les mains sous ses fesses et ne l'avait pas soulevée.

La fois suivante, elle voulait qu'ils soient tous les deux nus et qu'ils se tiennent devant un miroir pour qu'elle puisse voir ses fesses.

Puis il la souleva comme si elle ne pesait rien, et la seule pensée que son cerveau était capable de traiter était « Maintenant. Maintenant, putain. »

Comme s'il avait lu ses pensées, il l'installa sur le bout de sa queue et la laissa glisser le long de son érection à un rythme atrocement lent.

Dans cette position, il semblait énorme et ses bras se resserrèrent autour de son cou jusqu'à ce qu'elle se rende compte qu'il ne pouvait peut-être pas respirer. Mais elle ne lâcha pas prise.

Et ses mains empoignèrent ses hanches alors que sa poitrine se soulevait et retombait à chaque inspiration haletante.

Lorsqu'il fut au fond d'elle, il y resta immobile jusqu'à ce qu'elle ne puisse plus supporter d'attendre.

Tournant son visage vers son cou, elle le mordit. Et alors qu'il frissonnait contre elle, ses hanches prirent leur élan.

Et il lui donna exactement ce qu'elle voulait.

Tout de lui.

ÉPILOGUE

La foule avait commencé le compte à rebours à vingt secondes.

Shane les entendit mais garda un œil sur le palet. Le jeu était à l'autre bout de la patinoire. Les Redtails avaient marqué le seul but du match mais les Arizona Rattlers n'abandonnaient pas encore.

Les équipes se battaient dans le coin pour le palet, les Rattlers essayant de faire un dernier jeu pour pousser la série à six matchs.

Les Reds faisaient tout ce qu'ils pouvaient pour que cette série se termine ici, à la maison, avec la Calder Cup en main.

Dix... Neuf... Huit...

L'ailier gauche des Rattlers coinça le palet et se rua vers le centre de la patinoire.

Shane se mit en place, gant en l'air, crosse en bas. Entendant à peine l'énorme rugissement de la foule.

Cinq... Quatre... Trois...

Depuis la ligne bleue, l'ailier tira.

Et Shane arrêta le palet comme il l'avait fait à chaque tir pendant ce match.

Il rugit avec la foule alors que les klaxons retentissaient, signalant la fin du match.

Et les Redtails remportèrent la Calder Cup.

Son équipe se précipita vers lui de l'autre côté de la glace et déversa sur le banc, des crosses, des casques arrachés et jetés.

Ils se retrouvèrent au centre de la glace, s'embrassant, sautant, criant.

Et au centre, Shane sourit jusqu'à ce qu'il pense que son visage allait se fendre en deux.

Au milieu de la pile de gars, Shane serrait ses hommes dans ses bras et criait avec eux.

Mais au bout d'une minute, il regarda dans les tribunes et trouva Bliss.

Elle portait un de ses maillots et embrassait Faith et Mike en sautant sur ses pieds. Et quand elle le vit regarder dans sa direction, son sourire s'élargit de façon incroyable.

Puis elle lui souffla un baiser.

La vie était belle. La vie était vraiment belle, putain !

ATTENDEZ ! D'autres histoires des Redtails à paraître :
Le Broyeur
L'Homme Fort

DU MÊME AUTEUR

Redtails Hockey
Le Mur de Brique
Le Broyeur
L'Homme Fort

Indecent
Proposition Indécente
Liaison Indécente
Accord Indecent

SANS TITRE

Stephanie Julian a été journaliste pour un quotidien, journaliste indépendante et critique de cinéma, de théâtre et de musique, mais ce qu'elle aime le plus, c'est décrire la passion avec du cœur. Elle est mariée à un fan de Springsteen et est mère de deux garçons.

Stephanie aime avoir des nouvelles de ses lecteurs. Vous pouvez prendre contact avec elle en ligne :

www.stephaniejulian.com
Facebook
Twitter
Pinterest

Email :
stephaniejulian@msn.com

MERCI D'AVOIR LU CE LIVRE !

Si vous avez apprécié ce livre, veuillez laisser un commentaire. Cela aidera les autres à le trouver.

NOTES

Chapitre un

1. L'ECHL est une ligue professionnelle de hockey sur glace dont le siège est à Princeton dans le New Jersey.

Chapitre deux

1. Ligue Américaine de Hockey
2. Bliss en anglais

Chapitre six

1. Un gardien de but effectue un **blanchissage** quand aucun but n'est marqué contre lui pendant la phase de jeu d'équipe, ce qui exclut donc la phase des tirs de barrage. Il faut également qu'il soit le seul gardien de l'équipe à avoir joué.

COPYRIGHT

STEPHANIE JULIAN

Traduction française ISABELLE WÜRTH
Titre original : The brick wall

Pour en savoir plus, rejoignez Stéphanie dans son Salon privé des lecteurs sur Facebook.

Et ne manquez pas les autres histoires de la série *Redtails Hockey* dès leur parution en français.

www.ingramcontent.com/pod-product-compliance
Lightning Source LLC
Chambersburg PA
CBHW070959180726
48291CB00004B/1369